文春文庫

秋山久蔵御用控

島帰り

藤井邦夫

文藝春秋

目次

「秋山久蔵御用控」江戸略地図

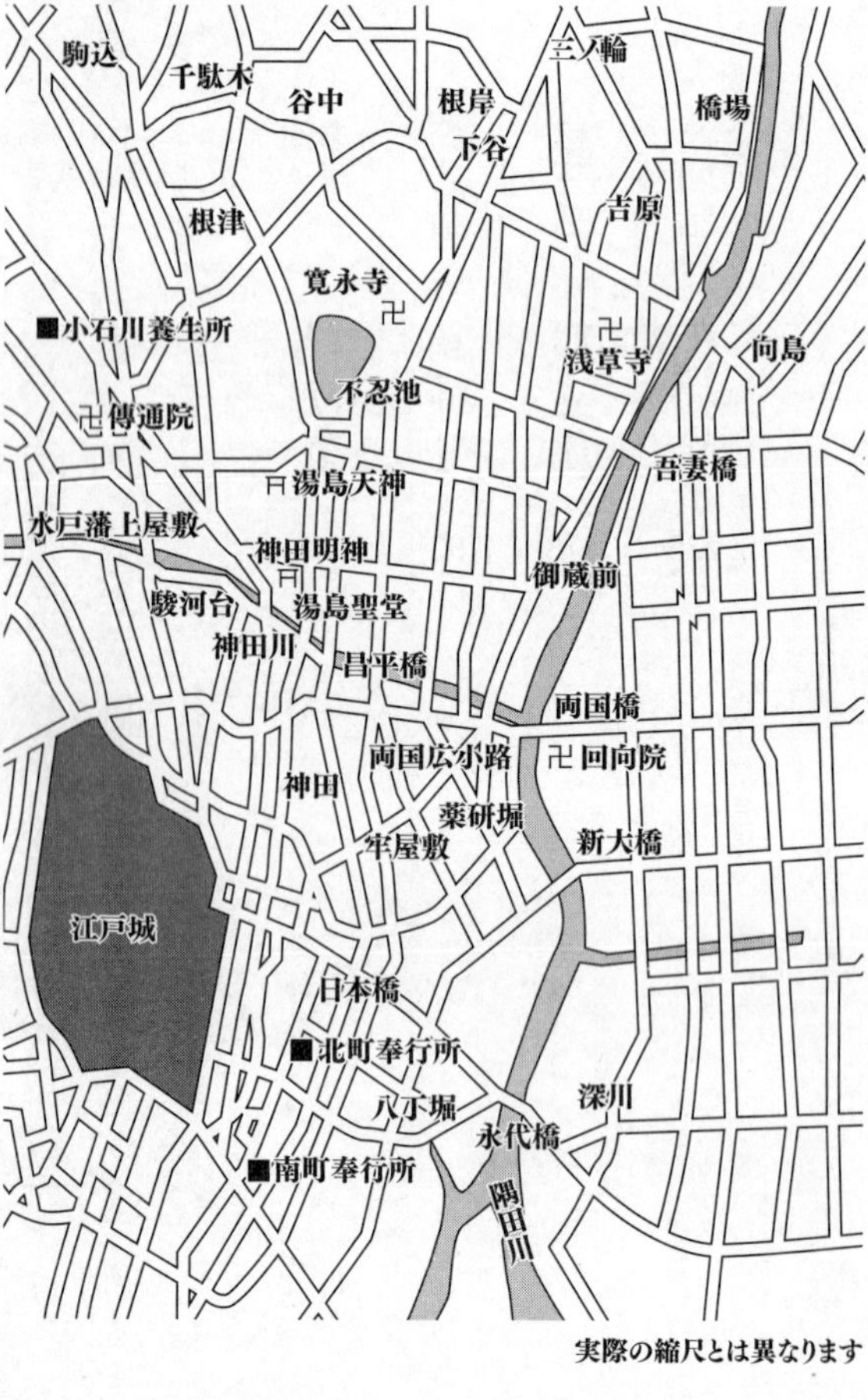

実際の縮尺とは異なります

日本橋を南に渡り、日本橋通りを進むと京橋に出る。京橋は八丁堀に架かっており、尚も南に新両替町、銀座町と進み、四丁目の角を右手に曲がると外堀の数寄屋河岸に出る。そこに架かっているのが数寄屋橋御門であり、渡ると南町奉行所があった。南町奉行所には〝剃刀久蔵〟と呼ばれ、悪人を震え上がらせる一人の与力がいた……

秋山久蔵御用控・登場人物

秋山久蔵（あきやまきゅうぞう）

南町奉行所吟味方与力。〝剃刀久蔵〟と称され、悪人たちに恐れられている。何者にも媚びへつらわず、自分のやり方で正義を貫く。「町奉行所の役人は、お奉行の為に働いてるんじゃねえ、江戸八百八町で真面目に暮らしてる庶民の為に働いているんだ。違うかい」（久蔵の言葉）。心形刀流の使い手。普段は温和な人物だが、悪党に対しては、情け無用の冷酷さを秘めている。

弥平次（やへいじ）

柳橋の弥平次。秋山久蔵から手札を貰う岡っ引。柳橋の船宿『笹舟』の主人で、〝柳橋の親分〟と呼ばれる。若い頃は、江戸の裏社会に通じた遊び人。

神崎和馬（かんざきかずま）

南町奉行所定町廻り同心。秋山久蔵の部下。二十歳過ぎの若者。

蛭子市兵衛（えびすいちべえ）

南町奉行所臨時廻り同心。久蔵からその探索能力を高く評価されている人物。妻が下男と逃げてから他人との接触を出来るだけ断っている。爪作りの名人で爪職人として生きていけるほどの腕前。

香織（かおり）

久蔵の後添え。亡き妻・雪乃の腹違いの妹。惨殺された父の仇を、久蔵の力添えで討った過去がある。長男の大助を出産した。

与平、お福（よへい、おふく）

親の代からの秋山家の奉公人。

幸吉（こうきち）
弥平次の下っ引。

寅吉、雲海坊、由松、勇次、伝八、長八（とらきち、うんかいぼう、よしまつ、ゆうじ、でんぱち、ちょうはち）
鋳掛屋の寅吉、托鉢坊主の雲海坊、しゃぼん玉売りの由松、船頭の勇次。弥平次の手先として働くものたち。伝八は江戸でも五本の指に入る、『笹舟』の老練な船頭の親方。長八は手先から外れ、蕎麦屋を営んでいる。

おまき
弥平次の女房。『笹舟』の女将。

お糸（おいと）
弥平次、おまき夫婦の養女。

太市（たいち）
秋山家の若い奉公人。

秋山久蔵御用控

島帰り

第一話

計り事

一

長月《ながつき》――九月。
名の通り、月の出ている夜が長くなる。
一日は更衣《ころもがえ》であり、着物は帷子《かたびら》から袷《あわせ》に替わり、九日には綿入れとなる。
秋は深まった。
八丁堀岡崎町秋山屋敷《はっちょうぼりおかざきちょうあきやま》の表門が開いた。
下男の太市《たいち》は、香織《かおり》に渡された新しい袷を着て門前の掃除を始めた。
新しい袷の襟は、太市の首筋に微かな違和感を覚えさせていた。
直ぐに馴れる……。
太市は、微かな違和感よりも新しい袷を仕立ててくれた香織の気持ちが嬉しかった。
枯葉が舞い散った。
太市は、門前の掃除を続けた。

門前の掃除を終えた太市は、玄関先から前庭を掃除した。

大助《だいすけ》が、勝手口の木戸に出て来た。

「太市ちゃん、朝御飯だよ」

大助は、木戸の傍から叫んだ。

「はい。直ぐに行きます」

太市は笑った。

「うん。早くおいで……」

大助は、台所に駆け去った。

太市は、掃き集めた枯葉が飛び散らないように塵取りを被せ、朝御飯を食べに台所へ向かった。

辰《たつ》の刻五つ半（午前九時）。

南町奉行所吟味《ぎんみ》方与力《がたよりき》の秋山久蔵《きゅうぞう》は、妻の香織と子の大助、そして与平《よへい》お福《ふく》夫婦に見送られ、太市を供にして組屋敷を出た。

町奉行所の与力の出仕刻限は、巳《み》の刻四つ（午前十時）とされている。だが、与力の殆《ほとん》どはそれ以前に出仕していた。

九月の月番は北町奉行所であり、非番の南町奉行所は表門を閉じて前月の訴えの始末などをする。しかし、定町廻《じょうまちまわ》り・臨時廻り・隠密廻りの三廻りは普段通りの仕事を続ける。

久蔵は、非番であっても月番の時と変わらぬ刻限に出仕し、仕事をしていた。

八丁堀沿いの道から楓川《もみじがわ》に架かる弾正橋《だんじょうばし》を渡り、日本橋の通りに出る。そして、京橋の袂《たもと》を外濠に出て南に進めば数寄屋橋《すきやばし》御門になり、南町奉行所がある。


久蔵は、太市を従えて日本橋の通りに出た。

日本橋の通りは、既に連なる店も暖簾《のれん》を掲げて賑《にぎ》わっていた。

久蔵と太市は、京橋川に架かる京橋の北詰を外濠に抜けようとした。

京橋を渡ろうとしていた人々が立ち止まり、恐ろしげに眉をひそめて囁《ささや》き合っていた。

どうした……。

久蔵は、立ち止まっている人々の視線を追った。

巻羽織の同心と岡っ引が、縄を打った若い男を引き立てて京橋を渡って来た。

「旦那さま……」

太市は眉をひそめた。

「うむ……」

久蔵は見守った。

縄を打たれた若い男は、髷《まげ》を乱して口元から血を流し、着物をはだけて裸足だった。

かなり抗《あらが》った様子だ……。

久蔵は、同心の顔に見覚えがあった。

月番の北町の定町廻り……。

久蔵は、名を思い出そうとした。

「お役人さま……」

前掛をした若い女が追って来て、同心の前に土下座した。

「文七《ぶんしち》は人を殺《あや》めるような者ではありません。どうか、信じてやって下さい」

久蔵は見守った。

「黙れ、文七が殺したのを見た者がいるんだ。退《ど》け……」

同心は、土下座する若い女を冷たく一瞥《いちべつ》して通り過ぎた。

「お前さん……」

若い女は、縄を打たれた男に縋《すが》る眼差しを向けた。

「お、おさよ……」

文七と呼ばれた若い男は、今にも泣き出しそうな顔で若い女を見詰めた。

縄尻を取っていた岡っ引が、無言で文七を引き立てた。

「お前さん……」

おさよと呼ばれた若い女は、引き立てられて行く文七を哀しげに見送った。

文七は、人殺しの疑いで呉服橋御門内の北町奉行所に引き立てられて行く。

見ていた人々は、眉をひそめて囁き合いながらおさよを一瞥して散った。

おさよは立ち上がり、膝を汚した土を手で払い落とした。

久蔵は、微かな違和感を覚えた。

おさよは哀しげな吐息を洩らし、重い足取りで京橋に戻って行った。

「太市、何処《どこ》の誰か突き止めろ……」

久蔵は命じた。

「心得ました」

太市は、おさよを追った。

久蔵は見送り、日本橋通りを横切って外濠に向かった。

日本橋通りは、何事もなかったかのように賑わった。


京橋を渡ったおさよは、三十間堀《さんじっけんぼり》一丁目の裏通りに入った。

太市は追った。

文七は、誰をどうして殺したのか……。

文七とおさよは夫婦なのか……。

太市は、様々な疑念を抱きながらおさよを追った。

おさよは、裏通りにある小さな一膳飯屋に入った。

太市は見届けた。


非番の南町奉行所は表門を閉め、人の出入りは潜《くぐ》り戸からされていた。

久蔵は用部屋に入り、月番の時に訴えられた件の吟味を始めた。

風間鉄之助《かざまてつのすけ》……。

久蔵は、不意に文七を捕えた北町奉行所の定町廻り同心の名を思い出した。

「そうだ。風間鉄之助だ……」

久蔵は、かつて何かの一件で風間鉄之助を見知ったのだ。だが、見知った一件が何かは思い出せなかった。

半刻《はんとき》（一時間）が過ぎた頃、太市が用部屋の庭先にやって来た。

「御苦労だったな。どうだった……」

久蔵は、濡縁《ぬれえん》に出て来た。

「はい。文七とおさよは、三十間堀一丁目の裏通りで丼《どんぶり》やと云う一膳飯屋を営んでいる夫婦でした」

太市は告げた。

「ほう。一膳飯屋を営む夫婦か……」

「はい。夫婦仲は良いそうです」

「で……」

久蔵は、太市を促した。

「文七は昨夜遅く、木挽町《こびきちょう》の裏通りの飲み屋で酒を飲み、酔って仙吉《せんきち》と云う所の地廻りと喧嘩になり、匕首《あいくち》で刺し殺したそうです」

太市は、おさよが一膳飯屋に入ったのを見届けた後、近所に聞き込みを掛けて来ていた。

「喧嘩の果ての殺しか……」

「はい。偶々《たまたま》殺しの現場に出会《でくわ》した浪人が役人に報《しら》せ、今朝方……」

「北町の風間鉄之助たちがお縄にしたか……」

「北町の同心の旦那、風間鉄之助さまと仰《おっしゃ》るんですか……」

「うむ。で、太市、文七、どんな奴だ」

「はい、腕の良い板前で働き者だそうですが、酒癖が悪く、酔っ払っては良く喧嘩をしていたとか……」

太市は眉をひそめた。

「じゃあ、今度の地廻り殺しは……」

「近所の者たちは、やはり文七の仕業《しわざ》じゃあないかと……」

「そうか……」

文七の酒癖の悪さは、近所の者たちも周知の事実なのだ。

「今の処、仙吉殺しはやはり文七かと思われます……」

太市は告げた。

「うむ。処で太市、文七の女房のおさよはどうした」

「丼やに戻り、戸を閉めたままです」

「店を開ける様子は……」

「ありません……」

太市は睨《にら》んでいた。

「そうか……」

久蔵は、立ち上がって膝の土を払い落としたおさよを思い浮べた。

「旦那さま、他に何か御用は……」

「いや。御苦労だったな。屋敷に戻ってくれ」

「はい……」

太市は、八丁堀岡崎町の組屋敷に戻った。

おさよか……。

久蔵は、膝の土を払い落としたおさよが気になった。

庭先の木々の梢《こずえ》から枯葉が散った。

大川には様々な色の落葉が流れていた。

柳橋《やなぎばし》の船宿『笹舟《ささぶね》』は、船遊びの季節が過ぎても忙しさは続いていた。

「御免……」

久蔵は、塗笠を取りながら暖簾を潜った。

「あっ、旦那さま、いらっしゃいませ」

帳場にいた養女のお糸《いと》が、笑顔で迎えに出て来た。

お糸は、大助が産まれる時、秋山屋敷に手伝いに来ており、以来久蔵を旦那さまと呼ぶ事が多かった。

「やあ。お糸、変わりはないようだな」

「お陰さまで達者にしております」

「それは何よりだ」

「はい。どうぞ、お上がり下さいませ。おっ母さん、秋山さまがお見えです。さあ、こちらに……」

お糸は、居間にいる義母のおまきに声を掛け、久蔵を座敷に誘《いざな》った。

「うむ。邪魔をする……」

久蔵は続いた。

船宿『笹舟』の女将《おかみ》のおまきは、久蔵に酌をした。

「造作《ぞうさ》を掛けるな……」

久蔵は、急な訪問を詫びた。

「いいえ。弥平次《やへいじ》は間もなく戻ります」

船宿『笹舟』の主《あるじ》の弥平次は、剃刀《かみそり》久蔵の片腕と称される岡っ引だった。

「うむ……」

「それで秋山さま、奥さまや大助さまにお変わりはなく……」

「ああ。与平とお福、太市も変わりなく達者にしている」

「それはようございました」

廊下に近付いて来る足音がした。

「弥平次が戻ったようです」

おまきは、座敷の襖《ふすま》を開けた。

「御免なすって……」

弥平次が入って来た。

「やあ。留守に上がり込んでいる……」

「いえ。お待たせ致しまして……」

弥平次は、久蔵の前に座った。

「じゃあお前さん……」

「うん……」

「では秋山さま、ごゆっくり……」

おまきは、座敷から出て行った。

「柳橋の……」

久蔵は、弥平次に徳利を差し出した。

「こいつは畏《おそ》れいります」

弥平次は、畏《かしこ》まって猪口《ちょこ》を差し出した。

久蔵は、弥平次の猪口に酒を満たした。

「忙しそうだな……」

「両国のお店《たな》の若旦那が、賭場の貸元の妾《めかけ》にちょっかいを出しましてね……」

弥平次は酒を飲んだ。

「そいつは面倒だな」

「ま、若旦那、少しは怖い思いをした方が薬ですよ……」

「身から出た錆《さび》か……」

久蔵は苦笑した。

「ええ。それで秋山さま、何か……」

弥平次は、久蔵に酌をした。

「うむ。今朝方、北町の定町廻り同心の風間鉄之助が、文七って奴を木挽町の地廻りを殺した下手人としてお縄にした」

「風間の旦那が……」

弥平次は、北町奉行所定町廻り同心の風間鉄之助を知っていた。

「ああ……」

「秋山さま、その文七って男が地廻りを殺したのは、間違いないのですか……」

「殺す処に出会した浪人がいてな。文七が殺したと証言したそうだ」

「じゃあ、間違いはありませんか……」

「だが、気になる事がある」

久蔵は眉をひそめた。

「でしょうね……」

久蔵が、わざわざ船宿『笹舟』に来たのには、それなりの理由がある筈《はず》だ。

弥平次は、小さな笑みを浮べた。

「うん。文七にはおさよと云う女房がいてな。その女房が……」

久蔵は、おさよが膝の土を払い落とした事を告げた。

「妙に落ち着いていましたか……」

弥平次は眉をひそめた。

「一瞬だがな。そいつが気になる……」

久蔵は、厳しさを滲《にじ》ませた。

「分かりました。その一件、ちょいと洗ってみます」

「月番は北町。何かと面倒だろうが、やってくれるか……」

「そりゃあもう……」

弥平次は頷《うなず》いた。

「頼む……」

「承知しました」

久蔵と弥平次は酒を飲んだ。

「処で柳橋の。風間鉄之助、どんな同心だ」

「そいつが、時々捕違《とりちが》いをしそうになると……」

「捕違い……」

〝捕違い〟とは、無実の者を間違って捕える誤認逮捕の事だ。

捕違いは吟味違いだけでは済まされず、お役御免か切腹とされていた。

「はい。それで、知らぬ顔の半兵衛《はんべえ》の旦那も随分と気に掛けていたようです」

〝知らぬ顔の半兵衛〟こと白縫《しらぬい》半兵衛は、北町奉行所の臨時廻り同心だったが、配下の敵《かたき》を討つ為に十手を返上した男だった。

「半兵衛が……」

久蔵は、半兵衛と親しい仲であり、敵討ちに助力を惜しまなかった。

「はい……」

弥平次は頷いた。

「探索は粗いようだな……」

大川の流れは、沈む夕陽に煌《きら》めいた。

久蔵は睨んだ。

文七は、何処で酒を飲んだのか……。

何故、文七は地廻りの仙吉と喧嘩になったのか……。

喧嘩と殺しの現場は何処か……。

殺しの現場に出会した浪人は、文七と顔見知りだったのか……。

おさよが、一瞬見せた妙な落ち着きは何なのか……。

分からない事は幾つもある。

弥平次は、幸吉《こうきち》、雲海坊《うんかいぼう》、由松《よしまつ》、勇次《ゆうじ》に一件の探索を命じた。そして、弥平次自身は風間鉄之助による文七の詮議がどうなっているのか、北町奉行所に探りを入れた。


幸吉、雲海坊、由松、勇次は、三十間堀一丁目の一膳飯屋『丼や』に赴き、探索の手筈を決めた。

幸吉は、それぞれの探索先を決めた。

勇次は、一膳飯屋『丼や』とおさよの見張り……。

雲海坊と由松は、文七が酒を飲んだ処や地廻りの仙吉の身辺の洗い出し……。

幸吉は、殺しの現場に出会した浪人に詳しく訊《き》く……。

四人は、三十間堀を挟んで向かい合う三十間堀一丁目と木挽町に散った。


北町奉行所定町廻り同心風間鉄之助は、南茅場町《みなみかやばちょう》の大番屋で文七の詮議を始めた。

「俺は仙吉を殺《や》っちゃあいねえ……」

文七は、頑として地廻りの仙吉殺しを認めなかった。

「惚《とぼ》けても無駄だ、文七。手前が仙吉を殺したのは、浪人の佐藤信八郎《さとうしんぱちろう》が見ているんだ」

「知らねえ、俺は店を閉めてから木挽町の居酒屋で酒を飲んでいただけだ」

「そして、居酒屋を出てから仙吉と出逢って喧嘩になり、匕首で突き刺した。そうだな」

「違う、俺は匕首なんか持っちゃあいねえ」

文七は否定した。

「文七、浪人の佐藤が見ている限り、仙吉を殺したのはお前なんだ。吐け……」

風間は苛立《いらだ》ち、土間に引き据えた文七を割竹で打ち据えた。

文七は、蹲《うずくま》って苦しげに呻《うめ》いた。

「吐け、吐け……」

風間は、構わず尚も厳しく文七を打ち据えた。

弥平次は、大番屋の小者たちにそれとなく探りを入れた。

文七は、風間の厳しい詮議にも拘《かか》わらず、仙吉殺しを認めずにいる。

弥平次は知った。

文七が仙吉を殺すのを見た者がいる限り、幾ら否定をしても無駄な事だ。だが、文七は頑として認めずにいる。

何故だ……。

文七は、酒に酔っていて覚えていないのかもしれない。それとも、本当に殺していないからなのか。

弥平次は、想いを巡らせた。

風間の厳しい詮議は続き、詮議場には割竹の唸《うな》りが響き、怒声と悲鳴が交錯した。

弥平次は、微かな危うさを感じた。

三十間堀一丁目の一膳飯屋『丼や』は、腰高障子を閉めたまま開店する気配は窺《うかが》えなかった。

勇次は、木戸番に聞き込みを掛けた後、一膳飯屋『丼や』に張り付いた。

着流し姿の久蔵が、塗笠を目深《まぶか》に被ってやって来た。

「こりゃあ秋山さま……」

勇次は、久蔵を迎えた。

「御苦労だな。どうだ……」

久蔵は、勇次のいる路地に入り、斜向《はす》かいの『丼や』を眺めた。

「おさよ、家から出る気配はありません。それに今の処、訪れる者もありません」

「そうか。で、何か分かったか……」

「はい。木戸番の話では、地廻りの仙吉の野郎、この辺の飲み屋や飯屋を軒並み食い倒していましてね。文七といつも揉めていたそうです」

勇次は、飲み食いをして金を払わない仙吉に腹立たしさを滲ませた。

「酔って喧嘩になる種はあったか……」

久蔵は眉をひそめた。

「はい。仙吉、酷《ひど》い野郎ですよ……」

「うむ。勇次……」

久蔵は、一膳飯屋『丼や』を示した。

一膳飯屋『丼や』の脇の路地におさよが現れ、裏通りの左右を窺った。

久蔵と勇次は身を退《ひ》いた。

おさよは、裏通りに顔見知りの者がいないのを見定め、足早に日本橋通りに向かった。

「秋山さま……」

勇次は、久蔵の指示を仰いだ。

「追うぜ」

久蔵は、路地を出ておさよを追った。

勇次は続いた。


日本橋通りは賑わっていた。

おさよは、三十間堀一丁目の裏通りから日本橋通りに出た。そして、俯《うつむ》き加減で京橋に向かった。

久蔵と勇次は尾行《つけ》た。

「亭主の文七が、人殺しでお縄になったのを誰かに相談しに行くんですかね」

勇次は読んだ。

「うむ……」

久蔵は、おさよの様子を窺った。

おさよは、京橋を足早に渡った。

その足取りは重くはなく、迷いや躊躇《ためら》いはなかった。

久蔵は、土を払い落としたおさよに抱いた違和感を再び覚えた。

おさよは、京橋から日本橋に向かって俯き加減に急いだ。

久蔵は、勇次と共に追った。

二

雲海坊と由松は、文七が酒を飲んだ木挽町の居酒屋を突き止め、訪れた。

居酒屋『おかめ』は、年増の女将と板前が開店の仕度をしていた。

「文七さんですか……」

年増の女将は、微かな煩《わずら》わしさを漂わせた。

「ああ。一人で飲んでいたのかな……」

雲海坊は尋ねた。

「ええ。来たのは一人ですけどね。馴染《なじみ》ですから知り合いも多くて……」

「じゃあ、馴染同士で飲んでいたんですかい」

由松は、文七が一人で来ても酒を飲む相手がいるのを知った。

「まあ、そんな処ですけど、文七さんの酒癖の悪さは、みんな知っていますからね」

「馴染は余り相手にしないか……」

雲海坊は苦笑した。

「ええ。文七さん、普段は物静かで腕の良い板前ですけど、酒が入るとねえ……」

年増の女将は眉をひそめた。

「そんなに酷いのかい、酒癖……」

「まあね。酔っ払ったら何も覚えちゃあいないそうですよ……」

「何も覚えちゃあいないか……」

雲海坊は呆れた。

「で、地廻りの仙吉、此処《ここ》に来たんですかい」

由松は訊いた。

「いいえ。あの夜、仙吉は来ませんでしたよ」

「来なかった……」

「じゃあ、文七が此処を出た後、何処かで仙吉と出会した……」

由松は読んだ。

「きっと……」

年増の女将は頷いた。

「文七、真っ直ぐ帰ると云っていましたか」

真っ直ぐ帰ったのなら、此処から一膳飯屋『丼や』迄の道で仙吉と出逢った事になる。

「さあ、文七さんの事だから、もう一軒、何処かに寄ったのかも知れませんよ」

「そうですかい……」

由松は眉をひそめた。

「とにかく文七は、酔っ払って一人で帰って行った」

雲海坊は、年増の女将に念を押した。

「ええ……」

年増の女将は頷いた。

「そうですかい。いや、忙しい時に造作を掛けたね、女将さん。由松……」

「ええ……」

「はい……」

雲海坊と由松は、年増の女将に礼を云って居酒屋『おかめ』を後にした。

「さあて、文七の奴、此処を出てからどっちに行ったんですかね……」

由松は、吐息混じりに辺りを見廻した。

文七は、何処で地廻りの仙吉と出逢って喧嘩になったのか……。

仙吉は、三十間堀に架かる紀伊国橋《きのくにばし》の袂で殺されていた。

「文七と仙吉、ひょっとしたら紀伊国橋の袂で出逢ったのかもしれませんね」

「仙吉が殺された処か……」

「ええ……」

「よし。行ってみるか……」

「ええ……」

雲海坊と由松は、三十間堀に架かっている紀伊国橋に向かった。


浪人の佐藤信八郎……。

幸吉は、木挽町の自身番を訪れ、文七が仙吉を殺す処に出会した浪人・佐藤信八郎の事を尋ねた。

「浪人の佐藤信八郎さんかい……」

自身番の店番《たなばん》は眉をひそめた。

「ええ。何処に住んでいるかわかりますか」

「そいつが、どうも木挽町には住んじゃあいないようなんだよ」

「木挽町に住んじゃあいない……」

幸吉は戸惑った。

「ああ。北町の風間の旦那にも訊かれて調べたんだが、佐藤信八郎って浪人さん、何処にもいないんだよ」

「いない……」

幸吉は眉をひそめた。

文七が、仙吉を殺したのは真夜中だ。

浪人の佐藤信八郎は、その真夜中に出会した。

だとしたなら家に帰る途中……。

幸吉は、浪人の佐藤信八郎は木挽町で暮らしていると睨んだ。だが、睨みは外れた。

「ああ。それで名主さんの処にある仮人別帳《かりにんべっちょう》も調べて貰《もら》ったんだが、佐藤信八郎さん、やっぱり何処にもいなかったんだよ」

「そうですか……」

「ま、届けずに住んでいるのかもしれないし、良く分からないな……」

店番は首を捻《ひね》った。

幸吉は、浪人の佐藤信八郎の姿が僅《わず》かに薄れたのを感じた。


自身番を出た幸吉は、向かい側にある木戸番屋を訪れた。

木戸番屋は、店先に草鞋《わらじ》、炭団《たどん》、笊《ざる》などの荒物を並べて売っていた。

幸吉は、奥の框《かまち》に腰掛けて出された出涸《でがら》し茶をすすった。

「それで、あっしが駆け付けた時には、文七はもう逃げた後で、浪人さんが倒れている仙吉の具合を見ている処でしたよ」

その浪人こそが、佐藤信八郎なのだ。

木戸番の藤吉《とうきち》は、浪人の佐藤信八郎を見ていた。

「藤吉さん、それでどうしたんだい……」

「浪人さんと、仙吉をお医者の弦石《げんせき》先生の処に担ぎ込んだのですが、腹を刺されていて手遅れでしたよ」

「手遅れか……」

「はい。そうしたら浪人さんが手紙を書いたから、朝になったら北の御番所の風間の旦那に届けろと云いましてね」

「手紙……」

　幸吉は戸惑った。

「ええ。自分は佐藤信八郎と云う浪人で、三十間堀の堀端を来たら紀伊国橋の袂で喧嘩をしているのが見えて、止めに入ろうとしたら文七が仙吉を匕首で刺して逃げたと書いてあると云っていましたよ」

「それで、朝になって風間の旦那に手紙を届けたのかい……」

「ええ。で、風間の旦那、丼やの文七をお縄にしたって訳ですよ……」

「じゃあ何かい。風間の旦那は、浪人の佐藤信八郎さんと直《じか》に逢っちゃあいないのか……」

「きっと……」

　藤吉は頷いた。

「藤吉さん、佐藤信八郎さん、風間の旦那を名指ししたんだね」

「ええ……」

藤吉は頷いた。

浪人の佐藤信八郎は、北町奉行所定町廻り同心の風間鉄之助と知り合いなのかもしれない。いずれにしろ風間鉄之助は、浪人の佐藤信八郎に逢わず、手紙を信じて文七をお縄にしたのだ。

幸吉は、風間に杜撰《ずさん》さを感じた。

「で、藤吉さん、佐藤信八郎さん、どんな浪人だったかな……」

「そいつが初めて見る顔でしてね。顔は良く覚えちゃあいないんですけど、三十歳ぐらいで背の高いがっしりした人でしたよ」

「三十歳ぐらいで背の高いがっしりした浪人か……」

「ええ。で、単衣《ひとえ》の袴姿でしてね。ま、貧乏浪人って処ですか……」

「そうか……」

幸吉は、薄れ掛かった佐藤信八郎の姿が僅かに蘇《よみがえ》るのを感じた。

紅葉は微風に舞い、不忍池《しのばずのいけ》に散った。

おさよは、落葉の散る不忍池の畔《ほとり》を進んだ。

料理屋『葉月《はづき》』の表では、下足番の老爺《ろうや》が掃除をしていた。

「今日は、作造《さくぞう》さん……」

おさよは、下足番の老爺に挨拶をした。

「やあ、おさよちゃん、達者だったかい……」

作造と呼ばれた下足番の老爺は、掃除の手を止めておさよを迎えた。

「お陰さまで。旦那さま、おいでになりますか……」

「ああ、おいでだよ……」

「じゃあ、お邪魔します」

おさよは、料理屋『葉月』の裏手に廻っていった。

久蔵と勇次は見届けた。

「葉月の旦那に逢いに来たようですね……」

「うむ。遣り取りからすると、おさよは昔、葉月に奉公していたのかもしれねえな」

久蔵は、作造が再び掃除を始めた料理屋『葉月』を眺めた。

「確かめてみますか……」

「出来るか……」

「何とか……」

「よし。茶店で待っている……」

久蔵は、不忍池の畔の茶店を示した。

「じゃあ……」

勇次は、掃除をしている作造に近付いた。

久蔵は茶店に向かった。


落葉は掃き集めても散り続けた。

「やあ、父っつぁん……」

勇次は、作造に声を掛けた。

「なんだい……」

作造は、厳しい眼差しで勇次を見据えた。

「俺は勇次ってもんだが、今、入って行った女の人、三十間堀町の丼やの女将さんじゃあないのかな」

「お前さん、丼やの女将さん、知っているのかい」

作造は、厳しさを消した。

「時々、飯を食いに行っているからな。そうか、やっぱり女将さんか……」

「ああ。昔、葉月に奉公していてな。板前と所帯を持って丼やを始めたんだぜ」

作造は、親しげに教えてくれた。

「へえ、そうなんだ。じゃあ、丼やの文七さんも葉月に奉公していたのか……」

勇次は、大袈裟《おおげさ》に感心してみせた。

不忍池には枯葉が舞い散り、小さな波紋が幾つも重なり合っていた。

温かい茶が美味《うま》い季節になった……。

久蔵は、不忍池を眺めながら茶を飲んだ。

勇次が、料理屋『葉月』から駆け寄って来た。

「婆さん、茶をもう一つ、頼むぜ」

久蔵は、茶店の老婆に勇次の茶を頼んだ。

「行って参りました……」

「どうだった……」

「秋山さまの睨み通り、おさよは葉月の奉公人でした」

「そうか……」

「で、板前だった文七と所帯を持って丼やを開いたそうです」

「じゃあ、文七も葉月の奉公人だったのか……」

「はい。それで、葉月の旦那に相談しに来たんでしょうね」

「おそらくな……」

おさよは、料理屋『葉月』の旦那に何を相談したのか……。

久蔵は気になった。


三十間堀には荷船が行き交っていた。

雲海坊と由松は、居酒屋『おかめ』を出た後の文七の足取りを探し続けた。だが、文七の足取りは杳《よう》として知れなかった。

「どうします、雲海坊の兄貴……」

由松は、紀伊国橋の欄干《らんかん》に寄り掛かった。

「うん。そうだな、こうなりゃあ地廻りの仙吉の方から責めてみるか……」

「仙吉からですか……」

由松は戸惑った。

「ああ、仙吉の足取りを追い、最後に逢った者の次が文七だ。その辺りから文七がおかめを出てから何処に行ったか分かるかもな」

「成る程。じゃあ、先ずは木挽町の地廻りの家に行ってみますか……」

由松は、目先を変えた探索に気分を新たにした。

「うん……」

雲海坊と由松は、木挽町五丁目にある地廻りの元締の家に向かった。

地廻りの元締の家は、木挽町五丁目の木挽橋の袂にあった。

雲海坊と由松は、地廻りの家の土間に入った。

「おいでなさい……」

取次の三下が框に出て来た。

「やあ。元締の富五郎《とみごろう》さん、いるかい」

由松は尋ねた。

「お前さんたちは……」

三下は、胡散臭《うさんくさ》げに由松と雲海坊を見た。

「うん。殺された仙吉の事でちょいと聞きたくてな……」

由松は冷笑を浮べた。

「じゃあ……」

三下は、由松と雲海坊が岡っ引に拘わりのある者と気付き、微かな怯《おび》えを過《よ》ぎらせた。

「いるのかい、元締……」

由松は凄《すご》んだ。

「富五郎はあっしですが……」

肥った初老の男が、奥から出て来た。

「やあ、店先を騒がしてすまないね」

雲海坊が笑った。

「お前さんたち、何処の身内だい……」

「柳橋の者だよ」

「柳橋……」

元締の富五郎は、柳橋が岡っ引の〝柳橋の弥平次〟だと気付き、微かな緊張を滲ませた。

柳橋の弥平次に刃向えば、江戸の岡っ引の殆どを敵に廻す事になる。

富五郎は、そうした噂を聞いていた。

「うん。で、仙吉の事を聞きたいんだがね」

「何なりと……」

富五郎は、柳橋の弥平次を恐れた。

「そいつはありがたい。仙吉、殺された夜、何処で何をしていたか分かるかな」

「さあ、あっしは良く分かりませんが。平助《へいすけ》、お前、何か知っているか……」

富五郎は三下に尋ねた。

「へ、へい……」

平助と呼ばれた三下は躊躇った。

「構わねえ。知っている事があれば、何でも話しな」

富五郎は促した。

「へい。仙吉の兄貴、いつもの道筋で飲み屋を廻っていましてね。あっしが見掛けた時は、浪人と一緒にいましたよ」

「浪人……」

由松は眉をひそめた。

「ええ……」

「丼やの文七じゃあねえんだな」

由松は念を押した。

「違います。浪人です……」

「どんな浪人だったかな」

雲海坊は尋ねた。

「背の高い浪人でした……」

「名前、知らないのか」

「はい。この辺じゃあ見掛けねえ浪人でした」

「で、仙吉と浪人、何をしていたんだ」

「そいつが賑やかに笑っていましてね。一緒に飲み歩いているようでした」

平助は、戸惑ったように告げた。

「一緒に飲み歩いていた……」

雲海坊は眉をひそめた。

「兄貴……」

「うむ……」

地廻りの仙吉は、文七に殺される前に浪人と酒を飲んでいた。

雲海坊と由松は、新たな事実に微かな戸惑いを覚えた。

三十歳ぐらいで、背の高いがっしりした体格の浪人……。

幸吉の浪人・佐藤信八郎探しは続いた。だが、佐藤信八郎の所在は、杳として知れなかった。

木挽町に住んでいないのは確かであり、仙吉が殺された夜以外に見掛けた者もいなかった。

木挽町を通り抜けている者でもない……。

幸吉は想いを巡らせた。

仙吉が殺された夜、偶々木挽町を訪れたのか……。

そして、偶々文七の仙吉殺しの現場に出会した。

偶々が多すぎる……。

幸吉は戸惑った。

まるで、文七の仙吉殺しに合わせて木挽町に現れたかのようだ。

幸吉は、不意にそう思った。

不忍池に枯葉は散り続けた。

久蔵と勇次は、雑木林から料理屋『葉月』を見張った。

羽織袴の背の高い武士が、料理屋『葉月』から旦那らしき年寄りとおさよに見送られて出て来た。

「それでは大森《おおもり》さま、呉々《くれぐれ》も宜《よろ》しくお願い致します」

旦那らしき年寄りは、大森と呼んだ羽織袴の武士に頭を下げた。

おさよも深々と頭を下げた。

「任せておけ。ではな、旦那、おさよ……」

大森は、旦那とおさよに見送られて立ち去った。

「どうしますか……」

勇次は、久蔵の指示を仰いだ。

「追ってくれ……」

久蔵は命じた。

「はい。じゃあ御免なすって……」

勇次は、大森を追った。

おさよが見送るからには、大森は文七の仙吉殺しに何らかの拘わりがあるのだ。

久蔵は睨んだ。

「じゃあ旦那さま、私もこれで……」

「うむ。家に戻って、文七の帰るのを待つんだね」

旦那は、老顔に笑みを浮べて頷いた。

「はい。では、御免下さい」

おさよは、旦那に深々と頭を下げて不忍池の畔を下谷《したや》広小路《ひろこうじ》に向かった。

久蔵は追った。


おさよは、不忍池の畔を下谷広小路に向かって足早に進んだ。

枯葉は舞い散った。

おさよは、舞い散る色とりどりの枯葉の中を行く。

久蔵は、おさよを尾行した。

おさよは、おそらく明神下《みょうじんした》の通りから神田川に架かる昌平橋《しょうへいばし》を渡り、八《や》ッ小路《こうじ》から日本橋の通りを三十間堀町の飯屋『丼や』に帰るのだ。

久蔵は尾行た。

おさよの足取りは微かに弾んでいる……。

久蔵は、おさよの後ろ姿を見てそう思った。

何故だ……。
久蔵は眉をひそめた。
枯葉は散り続けた。

三

外濠に架かる呉服橋御門を渡ると、北町奉行所に出る。
大森は、呉服橋御門を渡った。
まさか……。
勇次は戸惑った。
月番の北町奉行所は表門を八文字に開き、大勢の人が出入りをしていた。
大森は、北町奉行所に進んで門番に何事かを告げた。
門番は、大森を表門内の腰掛けに案内し、奉行所内に小者を走らせた。
大森が北町奉行所を訪れたのは、文七の仙吉殺しに拘わりがあるのに間違いはない。
勇次は見守った。

やがて、小者が戻り、大森を奉行所内に案内して行った。

勇次は、大森が北町奉行所に何しに来たのか突き止めようとした。

夕陽は三十間堀の流れを染めた。

おさよは、三十間堀町の裏通りにある飯屋『丼や』に何事もなく戻った。

久蔵は見届けた。

飯屋『丼や』の店は暗く、奥に小さな明かりが灯された。

もう出掛ける気配はない……。

久蔵は見定めた。

「秋山さま……」

幸吉が、駆け寄って来た。

「おう。御苦労だな……」

「いえ。勇次は……」

幸吉は、おさよを見張っている筈の勇次がいないのに気付いた。

「うむ。出掛けたおさよを俺と一緒に尾行てな。今、別の武士を追っている」

「そうですか……」

「雲海坊と由松は……」

「暮六つ（午後六時）に紀伊国橋の袂の蕎麦《そば》屋で落ち合う手筈です」

「よし。俺も一緒に行くぜ」

「はい……」

久蔵と幸吉は、三十間堀に架かっている紀伊国橋に向かった。

西本願寺の鐘が、暮六つを報せ始めた。


蕎麦屋の座敷に行燈《あんどん》の明かりが揺れた。

「御苦労だったな……」

久蔵は、紀伊国橋の袂の蕎麦屋に入り、座敷で幸吉、雲海坊、由松と酒を飲んだ。

久蔵は、おさよの動きと勇次が羽織袴の武士を追った事を話した。

「何者ですかね。その羽織袴の武士は……」

幸吉は首を捻った。

「名は大森。今の処、それしか分からねえが、勇次が突き止めてくるだろう。で、みんなの方はどうだ……」

「あっしは、文七が仙吉を殺した処に出会した浪人の佐藤信八郎を探したのですが、どうにも居処が摑めませんでしてね」

「摑めねえ……」

久蔵は眉をひそめた。

「ええ。まるで、文七の仙吉殺しの為に現れたような感じですよ……」

幸吉は、猪口の酒を飲み干した。

「そうか。で、雲海坊は……」

「はい。あっしと由松は、文七の足取りを追ったんですが、木挽町一丁目のおかめって店で酒を飲んだ後の足取りが、どうしても分かりませんでしてね」

「それで、殺された地廻りの仙吉の足取りを調べたんですが、どうやら文七と出逢って喧嘩になる前に、浪人と一緒にいるのを見た者がいましてね」

由松は告げた。

「浪人……」

幸吉は眉をひそめた。

「ええ……」

「どんな浪人だ……」

「そいつが、背の高い浪人だと云うぐらいしか……」

由松は、手酌で酒を飲んだ。

「背の高い浪人か……」

「幸吉っつぁん、そいつがどうかしたか……」

雲海坊は戸惑った。

「うん。佐藤信八郎は三十歳ぐらいで背が高くがっしりした体格だそうでな……」

「じゃあ……」

雲海坊は眉をひそめた。

「ああ。仙吉が一緒にいた浪人、佐藤信八郎かもな……」

久蔵は睨んだ。

「ええ……」

幸吉と雲海坊は頷いた。

「もしそうだったら、文七が仙吉を殺した時、佐藤信八郎は傍にいたって事ですかい」

由松は戸惑った。

「そうかもしれねえし、そうじゃあねえかもしれねえ……」

久蔵は、厳しさを過ぎらせた。

「秋山さま……」

「みんな、おさよが不忍池の畔の葉月って料理屋で逢い、勇次が追った大森って羽織袴の武士も背の高い野郎だったぜ」

久蔵は冷笑を浮べた。

「まさか……」

幸吉、雲海坊、由松は、驚いたように久蔵を見詰めた。

「どうやら、仙吉殺しの裏には、思わぬ企みが秘められているようだな」

久蔵は、面白そうに笑った。

行燈の明かりが瞬《また》いた。


湯島聖堂の裏、湯島四丁目は夕暮れに覆《おお》われていた。

羽織袴の武士・大森は、湯島四丁目にある武家屋敷に入った。

勇次は見届けた。

大森が、北町奉行所で吟味方与力の大久保《おおくぼ》忠左衛門《ちゆうざえもん》と逢ったのは、顔見知りの小者から聞き出した。だが、大森と大久保忠左衛門が何を話したのかは分からなかった。

勇次は、北町奉行所を後にした大森を追い、湯島四丁目の武家屋敷に入ったのを見届けた。

何様の屋敷なのか……。

勇次は、夕暮れ時の湯島の通りを見廻した。

酒屋の手代が角樽《つのだる》を提げ、隣りの武家屋敷の裏手に続く路地に入って行った。

勇次は、手代が角樽を届けて戻って来るのを待った。


「ああ。此処はお旗本の大森さまの御屋敷ですよ」

酒屋の手代は、戸惑った面持ちで告げた。

「やっぱりな。で、三十歳ぐらいで背の高い侍がいる筈なんだが……」

「その方なら、きっとお殿さまの弟の左馬之介《さまのすけ》さまですよ」

勇次は尋ねた。

「左馬之介……」

「ええ。旗本大森家の部屋住みでしてね。養子や婿入り先もないって奴ですよ」

手代は苦笑した。

「そうか。大森左馬之介か……」

勇次は、漸《ようや》く大森の素性を突き止めた。

南茅場町の大番屋は緊張感に溢《あふ》れた。

弥平次は、目立たぬように見守った。

北町奉行所吟味方与力の大久保忠左衛門は、細い首の喉仏を震わせて駆け付け、風間が文七を調べている詮議場に入った。

「大久保さま……」

風間は戸惑った。

大久保は、厳しく責められて血に汚れて蹲っている文七を見て眉をひそめた。

「直ぐに手当てをして休ませろ」

大久保は、白髪眉を怒らせて小者たちに厳しく命じた。

「は、はい……」

小者たちは、慌てて血に汚れた文七を連れ出して行った。

「大久保さま……」

風間は、戸惑いを募《つの》らせた。

大久保は、詮議場の部屋にあがった。

弥平次は、戸口の傍から詮議場の様子を秘かに窺った。

「風間、文七が地廻りの仙吉を殺した確かな証拠はあるのか……」

大久保は、筋張った細い首を伸ばして問い質《ただ》した。

「そ、それは、佐藤信八郎と申す浪人が、文七が仙吉を殺す処に出会したと……」

「その方に証言したのか……」

「いいえ。書状を……」

「書状だと……」

「はい」

「ならばその方、その佐藤信八郎と申す浪人と直に逢って証言を聞いたのではないのだな」

「は、はい。ですが大久保さま……」

「黙れ……」

大久保は怒鳴った。

風間は身を縮めた。

「先程、仙吉が殺された夜、文七と丼やで酒を飲んでいたと申す旗本が、奉行所にやって来たぞ」

「えっ……」

風間は驚いた。

「つまり、文七は自分と酒を飲んでいたので、仙吉を殺す事など出来る筈はないと申し立てているのだ」

「そんな……」

風間は呆然《ぼうぜん》とした。

「風間、捕違いはお役御免か切腹。此度《こたび》は逃れようがないかもしれぬぞ」

大久保は、白髪眉を震わせた。

捕違いかもしれない……。

弥平次は、仙吉殺しが急転したのを知った。

八丁堀には朝靄《あさもや》が漂っていた。

岡崎町の秋山屋敷の表門前は、既に掃き清められていた。

弥平次と勇次は、与平の案内で庭先から座敷に通された。

香織が、茶を持って来た。

「これは奥さま、お早うございます。朝早くに押し掛けて申し訳ございません」

弥平次と勇次は、香織に挨拶をした。

「いいえ、御苦労さまにございます」

香織は、弥平次と勇次を労《ねぎら》った。

「やあ。待たせたな……」

久蔵が入って来た。

「お早うございます」

弥平次と勇次は平伏した。

「では……」

香織は立ち去った。

「さあて、何があったのかな……」

久蔵は、小さな笑みを浮べた。

「文七の仙吉殺し、捕違いかもしれません」

弥平次は告げた。

「捕違い……」

久蔵の眼が僅かに輝いた。

「はい。昨日、北町の吟味方与力の大久保忠左衛門さまの許に旗本が訪れ、仙吉が殺された時、文七と一緒に酒を飲んでいたと……」

「証言したか……」

「はい」

「成る程、捕違いな……」

久蔵は、小さな笑みを浮べた。

「それで、大久保さまは直ぐに文七を休ませ、お縄にした風間の旦那を謹慎させました」

「そうか。で、文七と酒を飲んでいた旗本ってのは、何処の誰だい」

「秋山さま、そいつが大森なんですよ」

勇次が身を乗り出した。

「大森……」

久蔵は眉をひそめた。

「はい。大森、あれから北の御番所に行きまして、大久保さまに逢いました

「そうか。で、大森の素性は……」

「はい。湯島は聖堂の裏、湯島四丁目に住んでいる旗本の大森将監《しょうげん》さまの弟、部屋住みの左馬之介です」

「大森左馬之介か……」

「はい……」

勇次は頷いた。

「大森家当主の将監さまは、四百石取りの旗本で無役の小普請《こぶしん》です」

弥平次は、既に大森家を洗って来ていた。

「部屋住みと云えども大森家も旗本。北町奉行所に出張って文七の無実を声高に訴えれば、大久保さんも無視する訳にはいかねえな」

久蔵は苦笑した。

「はい……」

弥平次は頷いた。

「それにしても文七、本当に捕違いなのかな」

久蔵は、厳しさを滲ませた。

「秋山さま……」

「柳橋の、勇次、幸吉たちから聞いたと思うが、文七が仙吉を殺したと云った浪人の佐藤信八郎、本当にいるのかどうか、はっきりしねえ……」

「はい……」

弥平次と勇次は頷いた。

「そして、そのはっきりしねえ佐藤が、風間を名指しして手紙を書いた……」

「って事は、風間の旦那に……」

「捕違いさせようと企んだ……」

久蔵は読んだ。

「風間の旦那に捕違いをさせようって魂胆ですか……」

弥平次は、吐息を洩らした。

「ああ。風間は今迄にも何度か捕違いをしそうになった杜撰な探索をする野郎だ。そこを狙われた。違うかな……」

「じゃあ、仙吉殺しの本当の狙いは、風間の旦那……」

「うむ。捕違いは、お上の威光を汚したとしてお役御免か切腹……」

「では秋山さま、風間の旦那は罠《わな》に嵌《は》められたんですか……」

勇次は眉をひそめた。

「おそらくな。柳橋の、文七とおさよ、それから大森左馬之介は、北町の風間と何らかの拘わりがある筈だ。そいつを探り出すんだ」

久蔵は命じた。

「心得ました」

弥平次は頷いた。

「捕違いの絡繰《からく》り、必ず暴《あば》いてやるぜ……」

久蔵は、不敵な笑みを浮べた。


久蔵と弥平次は、見張る相手をおさよと大森左馬之介に絞った。

おさよには雲海坊と由松、大森左馬之介には幸吉と勇次が張り付いた。そして、弥平次は文七を見守った。

文七は、医者の手当てを受け、大番屋の小部屋で鼾《いびき》を搔いて眠っていた。

弥平次は、文七の鼾を搔いて眠っている小部屋を覗《のぞ》いた。

文七は、口元に微かな笑みを浮べて眠っていた。

弥平次は眉をひそめた。

久蔵は、元北町奉行所臨時廻り同心の白縫半兵衛に書状を書き、太市に届けさせた。

一刻（二時間）後、南町奉行所に出仕していた久蔵の許に本湊《ほんみなと》の半次《はんじ》がやって来た。

本湊の半次は、半兵衛が臨時廻り同心の時に手札を貰って岡っ引を勤めていた。そして、半兵衛が臨時廻り同心を辞めた時、己も岡っ引から身を退いていた。

久蔵は、半次を用部屋に通した。

「やあ。暫《しばら》くだな……」

久蔵は、茶を淹《い》れ始めた。

「はい。御無沙汰をしております」

半次は、日焼けした顔を綻《ほころ》ばせた。

「出涸しだ」

久蔵は、半次に茶を差し出した。

「こいつは畏れいります」

「で、来てくれたのは風間の一件かい」

「はい。半兵衛の旦那が行って来いと仰いましてね」

「じゃあ、書状は読んだな」

「はい……」

半次は頷いた。

「おさよと文七、それから旗本の部屋住みの大森左馬之介、心当たり、あるのかな」

「はい……」

「聞かせて貰おうか……」

「五年前、風間の旦那、捕違いを仕掛け、半兵衛の旦那が何とか食い止めましてね……」

「ほう。どんな事件だい……」

「日本橋の呉服屋に安い絹織物があるって話が持ち込まれましてね。手付けの半額を払った処で梨の礫《つぶて》、騙《かた》りだとなりましてね。風間の旦那は、話を持ち込んだ行商人を騙りの一味としてお縄にしたんです。ですが、半兵衛の旦那は……」

「違うと睨んだか……」

「はい。行商人は良かれと思って口を聞いただけだと……」

「だが、風間は行商人を責め立てたか……」

「半兵衛の旦那は止めたんですがね……」

半次は、温《ぬる》くなった茶をすすった。

「で、半兵衛が騙りの真犯人を捕えたか……」

「はい。それで、行商人は騙りの一味じゃあないと分かり、放免されたのですが……」

半次は眉をひそめた。

「どうした……」

「はい。行商人、足腰を酷く責められていましてね。気の毒に行商の出来ない身体になっていました……」

半次は、微かな怒りを過ぎらせた。

「そいつは酷《ひで》えな……」

久蔵は眉をひそめた。

「ええ、捕違いはしないで済んだのですがね。行商人は浮かばれませんよ」

「浮かばれねえ……」

「あっ、はい。その行商人、行商が出来なくなったのを苦にして首を括《くく》ったんです」

「首を……」

「はい……」

「そうか。で……」

「行商人には倅《せがれ》がいましてね。確か何処かの料理屋で板前の修業をしていた筈です」

　半次は、久蔵を見詰めて告げた。

「板前の修業をしていた倅か、どうやらその辺だな」

　久蔵は、小さな笑みを浮べた。

「はい。半兵衛の旦那も……。で、お役に立ちますか……」

「ああ……」

「そいつは良かった」

　半次は微笑《ほほえ》んだ。

「流石《さすが》は知らぬ顔の半兵衛と片腕の本湊の半次だ。大助かりだぜ。尤《もっと》も知らぬ顔の半兵衛が北町の臨時廻りにいりゃあ、俺の出る幕はねえだろうがな……」

　久蔵は苦笑した。

おそらく、飯屋『丼や』の主で板前の文七は、五年前に騙りの一味として風間に厳しく責め立てられて身体を壊し、首を括って死んだ男の倅なのだ。

文七は、父親を死に追いやった風間鉄之助を恨み、己の身を犠牲にして罠に嵌めようとしたのかもしれない。

久蔵は読んだ。

もし、そうだとしたなら女房のおさよが手伝うのは分かる。だが、旗本の部屋住みの大森左馬之介は、何故に文七の企てを手伝うのかだ。

分からないのはそこだ……。

久蔵は、想いを巡らせた。

四

湯島四丁目の旗本・大森屋敷は表門を閉じていた。

幸吉と勇次は、物陰から大森屋敷を眺めた。

「幸吉の兄貴、じゃあ一廻りして来ますぜ」

「ああ。頼むぜ」

「はい……」

勇次は、大森屋敷の周辺の聞き込みに向かった。

幸吉は、大森屋敷の様子を窺いながら斜向かいの町家の煙草屋《たばこ》を訪れた。

「いらっしゃい……」

店番の老爺が、幸吉を迎えた。

「父っつぁん、ちょいと訊きたい事があるんだけどな……」

「大森さまの部屋住みの事かい……」

老爺は、幸吉を胡散臭げに一瞥した。

「父っつぁん……」

幸吉は戸惑った。

「うちでものを尋ねる若い野郎の半分は、大森さまの部屋住みの事だぜ」

「そうかい。大森さまの部屋住み、若い野郎に人気があるんだな」

幸吉は苦笑した。

「ああ。類は友を呼ぶって云うからな……」

老爺は嘲笑《ちようしよう》した。そこには、大森左馬之介に対する嫌悪が含まれていた。

大森左馬之介は、屋敷界隈では余り評判が良くないのかも知れない。

「へえ。で、どんな野郎なんだい、大森さまの部屋住みは……」

「酒に博奕《ばくち》に女、餓鬼の頃から遊び人や博奕打ちと連《つる》んでいた陸《ろく》でなしだぜ」

老爺は、大森屋敷を眺めた。

「陸でなしねえ……」

幸吉は眉をひそめた。


三十間堀町の飯屋『丼や』に店を開ける気配はなかった。

雲海坊と由松は見張り続けた。

おさよは、買い物に出掛ける事もなく飯屋『丼や』に籠もっていた。

「雲海坊の兄貴。おさよ、もう文七が戻る迄、動かないんじゃありませんかね
……」

由松は、欠伸《あくび》を嚙み殺した。

「かもしれないな……」

雲海坊は、由松に釣られたように大欠伸をした。

「兄貴……」

由松が、微かな緊張を滲ませた。

雲海坊は、由松の視線の先を追った。

若い男が、右足を引き摺《ず》りながらやって来た。そして、背後に弥平次の姿が見えた。

「奴が文七ですぜ」

由松は、右足を引き摺って来る若い男を示した。

「ああ。親分が尾行て来ている。間違いない」

雲海坊は頷いた。

文七は、飯屋『丼や』の腰高障子を静かに叩いた。

僅かな間を置いて腰高障子が開いた。

おさよの笑顔が、腰高障子の奥に僅かに見えた。

文七は店の中に入り、おさよが辺りを窺って素早く腰高障子を閉めた。

雲海坊と由松は見届け、尾行て来た弥平次の許に走った。

「おう……」

「文七、放免されたんですね」

「ああ。これ以上、文七を大番屋に捕えて置けば、面倒になるだけだと、大久保さまが決めたんだろう」

弥平次は読んだ。

「ええ……」

「よし。雲海坊と由松は、このまま文七も見張ってくれ。俺は秋山さまに報せてくる」

「承知しました」

「じゃあな……」

弥平次は、雲海坊と由松を残して南町奉行所に向かった。

「さあて、文七、どうするか……」

雲海坊は笑みを浮べた。

「ちょいと探りを入れて来ても良いですかい」

「気付かれるなよ」

雲海坊は苦笑した。

由松は、嬉しげに飯屋『丼や』の裏手に廻って行った。

雲海坊は見張った。

南町奉行所の木々は枯葉を散らせた。

「大森左馬之介、とんだ食わせ物だった訳だ」

久蔵は苦笑した。

「ええ。餓鬼の頃からの陸でなしで、遊び人や博奕打ち、食詰め浪人なんかと連んでいるそうですよ」

幸吉は報せた。

「ひょっとしたら、文七や地廻りの仙吉ともその辺で繫がっているかもな……」

久蔵は睨んだ。

「きっと。それから秋山さま。勇次が聞き込んで来たのですが、左馬之介に養子話が持ち上がっているとか……」

幸吉は眉をひそめた。

「養子話……」

「はい……」

幸吉は頷いた。

「そう云う事か。よし。幸吉、木挽町の地廻りの三下に大森左馬之介の面《つら》を見せ、仙吉が殺された夜、一緒にいた浪人かどうか確かめるんだ」

久蔵は、冷笑を過ぎらせた。

「承知しました……」

幸吉は頷いた。

「秋山さま……」

小者が、用部屋の庭先にやって来て弥平次が訪れた事を報せた。

久蔵は、直ぐに通すように命じた。

弥平次がやって来た。

「どうした、柳橋の……」

「はい。文七が放免されました」

「そうか。よし、猶予はならねえ。幸吉、地廻りの三下を連れて来い」

久蔵は命じた。


大森屋敷の潜り戸が軋《きし》みをあげた。

大森左馬之介が、潜り戸から出て来た。

「左馬之介さまで……」

待っていた勇次が、近寄って声を掛けた。

「うむ。お前か。葉月の旦那の使いは……」

左馬之介は、勇次を胡散臭そうに見た。

「へい。葉月の旦那、文七が放免されたので来て欲しいと……」

勇次は、料理屋『葉月』の主の使いを装って左馬之介に告げた。

「分かった。行こう」

「へい。お供致します」

左馬之介と勇次は、不忍池の畔にある料理屋『葉月』に向かった。


不忍池の畔には、枯葉が幾重にも散っていた。

左馬之介と勇次は、葉音を鳴らして畔を進んだ。

畔の茶店には、幸吉が地廻りの三下の平助を連れて来ていた。

「来たぞ。良く見るんだぜ。平助……」

幸吉は命じた。

「へ、へい……」

平助は、緊張に喉を鳴らした。

左馬之介と勇次は、二人が縁台に腰掛けている茶店の前に差し掛かった。

「どうだ……」

幸吉は、平助に囁いた。

「へ、へい……」

平助は、通り過ぎて行く左馬之介の顔を見詰めた。

「平助……」

幸吉は、思わず急《せ》かした。

「彼奴《あいつ》です。彼奴が仙吉の兄貴と一緒にいた野郎です」

平助は、左馬之介を見詰めたまま嗄《か》れた声を震わせた。

「間違いないな」

幸吉は念を押した。

「へい。間違いありません」

平助は、何度も頷いた。

「秋山さま……」

幸吉は、茶店の奥を振り返った。

「うむ。御苦労だったな。平助……」

久蔵が、奥から出て来て平助を労った。

「いえ……」

平助は、緊張を解いた。

「幸吉、行くぞ……」

久蔵は命じた。

「心得ました」

幸吉は十手を出して握り締めた。

「平助、此処を動くんじゃあねえ。いいな」

幸吉は、平助を睨み付けた。

「へい。そりゃあもう……」

平助は、怯えを滲ませて頷いた。

久蔵は、茶店を出て左馬之介と勇次を追った。


左馬之介と勇次は、不忍池の畔を進んだ。

料理屋『葉月』の前では、老下足番の作造が落葉を掃き集めているのが見えた。

左馬之介は、料理屋『葉月』に進んだ。

勇次は続いた。

「大森左馬之介……」

久蔵が、背後から呼び止めた。

左馬之介は、怪訝《けげん》に振り返った。

久蔵が佇《たたず》んでいた。

左馬之介は戸惑った。

勇次は跳び退き、萬力鎖《まんりきぐさり》を出して構えた。

幸吉が現れた。

左馬之介は、三方を取り囲まれた。

久蔵は、冷笑を浮べた。

「おぬしは……」

左馬之介は、戸惑いと怯えを滲ませた。

「俺か、俺は南町奉行所吟味方与力秋山久蔵って者だ……」

「秋山久蔵……」

左馬之介から戸惑いは消え、怯えだけが残った。

「ああ。ちょいと一緒に来て貰うぜ……」

「お、俺は旗本だ。町奉行所の指図は受けぬ」

左馬之介は、微かに声を震わせた。

「へえ、そうかい。だったら、浪人の佐藤信八郎として召し捕る迄だぜ」

久蔵は苦笑した。

「ろ、浪人の佐藤信八郎……」

左馬之介は、恐怖に衝き上げられた。

「ああ。地廻りの仙吉を殺した浪人の佐藤信八郎だ」

「ち、違う。俺は旗本の大森左馬之介だ。佐藤信八郎なる浪人ではない……」

左馬之介は、必死に否定した。

「黙れ。あの夜、お前が仙吉と一緒にいるのを見た者がいるんだ。今更、惚けても無駄な事だぜ」

久蔵は突き放した。

「違う。俺は……」

「いい加減にしろ」

久蔵は一喝した。

左馬之介は息を飲んだ。

「往生際《おうじょうぎわ》が悪すぎるぜ……」

久蔵は嘲笑した。

「おのれ……」

左馬之介は覚悟を決め、猛然と背後の勇次に斬り掛かった。

勇次は、咄嗟《とっさ》に左馬之介の刀を萬力鎖で横薙《よこな》ぎに打ち払った。

左馬之介は、刀を払われて蹈鞴《たたら》を踏んだ。

「佐藤信八郎、神妙にするんだな」

久蔵は、狼狽《うろた》える左馬之介に無造作に近付いた。

「おのれ、秋山……」

左馬之介は、近付く久蔵に斬り付けた。

久蔵は、僅かに身体を開いて躱《かわ》し、左馬之介の刀を握る腕を抱え込んだ。そして、刀を叩き落とし、鋭い投げを打った。

左馬之介は、激しく地面に叩き付けられた。

落葉が舞い上がった。

左馬之介は、素早く起き上がって逃げた。

勇次が、逃げる左馬之介に萬力鎖を投げた。

萬力鎖は回転して飛び、左馬之介の足に絡み付いた。

左馬之介は、激しい勢いで倒れ込んだ。

幸吉が、透かさず倒れた左馬之介を押さえ込んで十手で殴り付けた。

左馬之介は、悲鳴をあげて抗った。

勇次も加わり、左馬之介を押さえ付けて容赦なく殴った。

捕物の時の容赦と迷いは命取りだ。

左馬之介はぐったりした。

「よし。勇次、お縄にしろ……」

幸吉は命じた。

「承知……」

勇次は、ぐったりとした左馬之介に手早く縄を打った。

「みんな、御苦労だったな。浪人の佐藤信八郎を大番屋に引き立てるぜ」

久蔵は、縛りあげた左馬之介を乱暴に引き摺り起こした。

枯葉は散り続けた。

夜の大番屋の詮議場は冷え冷えとしており、壁際に置かれた突棒《つくぼう》、袖搦《そでがらみ》、刺叉《さすまた》の三道具が不気味に光っていた。

久蔵は、詮議場に敷いた筵《むしろ》の上に大森左馬之介を引き据えた。

「さあて佐藤信八郎、お前、地廻りの仙吉を殺し、殺ったのは弁や文七だと、北町奉行所定町廻り同心の風間鉄之助に書状を書いたな」

久蔵は、左馬之介に笑い掛けた。

左馬之介は、久蔵を悔しげに見詰めた。

「そして、風間鉄之助は佐藤信八郎の書状を鵜《う》呑《の》みにし、弁やの文七をお縄にした。しかし、文七は仙吉殺しを認めず、風間は厳しく責め立てた……」

久蔵は読んだ。

左馬之介は、久蔵の読みの鋭さに言葉を失った。

「で、旗本の大森左馬之介の出番だ……」

久蔵は、左馬之介を見据えた。

左馬之介は狼狽えた。

「大森左馬之介は北町奉行所に乗り込み、仙吉が殺された時、文七は自分と弁やで酒を飲んでいたと嘘の証言をした。今迄にも何度か捕違いを仕掛けていた風間だ。吟味方与力は、風間が又捕違いをしたと思った……」

久蔵は苦笑した。

「ま、とにかくお前たちは、まんまと風間鉄之助を捕違いをした同心に仕立てあげた。そうだな……」

久蔵は、左馬之介に念を押した。

左馬之介は震えた。

「で、風間鉄之助が切腹にでもなれば、文七は父親の恨みを晴らした事になる……」

「だからと申して、俺が地廻りの仙吉を殺す謂《いわ》れはない……」

左馬之介は、必死に声を震わせた。

「聞く処によれば、大森左馬之介に養子話があるそうだな……」

「えっ……」

左馬之介は凍《い》て付いた。

「仙吉はそいつを嗅《か》ぎ付け、金を出さなければ左馬之介の旧悪を言い触らすと脅した。やっと来た養子話だ。守る為には、殺すしかあるまい……」

久蔵は己の睨みを伝え、左馬之介を厳しく見据えた。

左馬之介は、力なく項垂《うなだ》れた。

「さあて、佐藤信八郎、このまま浪人として町奉行所の裁きを受けるか、旗本大森左馬之介として評定所《ひょうじょうしょ》の裁きを受けるか、好きな方を選ぶんだな……」

「評定所……」

評定所扱いになると、事は左馬之介一人では済まず、旗本大森家も裁かれる事になる。

良くて減知、下手をすれば大森家は取り潰し……。

左馬之介は、己の愚かさを悔やむしかなかった。

虚《うつ》け者……。

久蔵は、左馬之介の愚かさに腹立たしさを覚えた。


三十間堀の流れは、秋の陽差しに柔らかく煌めいた。

久蔵は、飯屋『丼や』を訪れた。

文七は、訪れた役人が南町奉行所吟味方与力の秋山久蔵と知り、計り事が露見したのに気付いた。

久蔵は、佐藤信八郎こと旗本の大森左馬之介が何もかも白状したのを告げた。

「そうですか……」

文七は、悪足掻《わるあが》きをしなかった。

久蔵は、文七に風間鉄之助を捕違い同心に仕立て上げた計り事を読んでみせた。

文七は、久蔵の読みを認めた。

「そいつは、五年前に風間に捕違いで捕らわれ、働けねえ身体にされて首を括った父親の恨みを晴らす為だな」

久蔵は尋ねた。

「はい……」

文七は、微かな怒りを滲ませて頷いた。

「捕違いは、町奉行所の者が最も恐れなきゃあならねえ事だ。俺もその一人として詫《わ》びなきゃあならねえ。この通りだ……」

久蔵は、文七に頭を下げた。

「秋山さま……」

文七は驚き、慌てた。

「で、文七、大森左馬之介とはどのような拘わりなんだい」

「餓鬼の頃の遊び仲間でしてね。左馬之介が仙吉を捜しに木挽町に来た時、何年か振りに出逢ったんです」

「それで、左馬之介が仙吉に脅されているのを知ったか……」

久蔵は読んだ。

「はい。仙吉にはあっしも迷惑をしていましたので……」

「そうか。じゃあ、今度の計り事、文七、お前の考えた事だな」

久蔵は笑い掛けた。

「はい。仰る通りです……」

文七は頷いた。

大森左馬之介は、脅しを掛けてきた地廻り仙吉を殺す。

文七は、風間鉄之助を捕違い同心に仕立てて恨みを晴らす。

文七は、二つの事柄を巧みに組み合わせて計り事を巡らしたのだ。

中々のもんだぜ……。

久蔵は、少なからず感心した。

「秋山さま、料理屋葉月の旦那さまとおさよは、あっしが利用しただけで何も知りません。どうか、どうかその辺をお含みおきを……」

文七は、微かな不安を過ぎらせ、久蔵に縋る眼を向けた。

「お前さん……」

おさよは眉をひそめた。

「おさよ。お前は黙っていな」

文七は、厳しく遮った。

おさよは、哀しげに俯いた。

「秋山さま、お願いにございます」

文七は平伏した。

計り事を巡らした文七にとり、唯一の誤算は久蔵の出現だった。

「良く分かった。じゃあ文七、俺と一緒に北町奉行所に行って貰うよ」

久蔵は、文七の願いを聞き届けた。

「はい……」

文七は、思わず声を弾ませた。

久蔵は、北町奉行所吟味方与力の大久保忠左衛門に事の真相を教え、文七を引き渡すつもりだ。

大久保忠左衛門は、短気な頑固者だが筋目を通す硬骨漢であり、人の情けも良く知る感激屋でもある。

決して悪いようにはしねえ筈だ……。

久蔵は、文七に縄を打たず飯屋『丼や』を出た。

「秋山さま……」

文七は、縄を打たない久蔵に戸惑った。

「今更、馬鹿な真似はしねえだろう」

久蔵は苦笑した。

「秋山さま……」

文七は、久蔵に感謝した。

「おさよ、丼やの暖簾を出すのは、もう少し待ってくれ」

久蔵は、見送るおさよに笑顔で告げた。

「は、はい。宜しくお願いします」

おさよは、深々と頭を下げた。

「さあて文七、行くぜ」

「はい……」

久蔵は、文七を伴って北町奉行所に向かった。

秋晴れの空は蒼く高かった……。

第二話

島帰り

一

神無月《かんなづき》——十月。

世間では炬燵《こたつ》を仕度し、客に火鉢を出す季節。そして、二十日は商家の恵比須《えびす》講《こう》であり、商売繁盛を願う。

八丁堀御組屋敷街は、町奉行所の与力や同心の出仕の刻限も過ぎて静けさが訪れた。

秋山屋敷のある岡崎町も静けさに包まれていた。

秋山家下男の与平は、大助の朝の見廻り散歩のお供をして町内を一廻りし、秋山屋敷に戻った。

秋山屋敷の門前には、手拭《てぬぐい》で頰被《ほおかぶ》りをした人足がおり、屋敷内を窺っていた。

誰だ……。

与平は、眉をひそめて立ち止まった。

「じいじ……」

大助が、与平を見上げた。

与平は、慌《あわ》てて大助を抱き上げた。

「いやだ。下りる……」

大助は、声をあげて身を捩《よじ》った。

「だ、大助さま……」

与平は慌てた。

頬被りをした人足は、背後の路地にいる与平と大助に気付き、慌てて秋山屋敷の門前を離れた。

「お、おい。待て……」

与平は呼び止めた。だが、頬被りをした人足は、振り返りもせずに足早に立ち去った。

「下りる。じいじ、下りる……」

大助は、与平の腕の中で踠《もが》いた。

与平は、大助を抱いたまま屋敷内によろめきながら駆け込んだ。

「太市、太市……」

与平は、息を切らしながら太市を呼んだ。

太市が、庭の木戸から箒《ほうき》を持って出て来た。

「何ですか、与平さん……」

「今、手拭で頬被りをした人足が、御屋敷を窺っていたぞ」

与平は、跪く大助を抱き締めながら告げた。

「えっ……」

太市は、箒を握り締めて門前に走った。

「どうしました。与平……」

香織が、怪訝な面持ちで台所から出て来た。

「はい。今、妙な人足が御屋敷を窺っていまして、太市が……」

与平は、不安げに表門を見た。

「妙な人足……」

香織は眉をひそめた。

「はい……」

「じいじ……」

大助は身を捩った。

「は、はい……」

与平は、大助を下ろした。

「大助、大人しくしなさい」

香織は、大助に厳しく命じた。

大助は、不服げに頷いた。

太市が、箒を持って戻って来た。

「どうだった……」

与平は尋ねた。

「はい。頰被りをした人足、御屋敷の周りにはいませんでした」

太市は告げた。

「そうか……」

「与平、その人足、屋敷を窺っていたのに間違いはないのですね」

「そりゃあもう……」

与平は頷いた。

「奥さま、表門を閉めた方が良さそうですね」

太市は、香織に許しを求めた。

「ええ……」

香織は、厳しい面持ちで頷いた。

町奉行所の吟味方与力は、誰にどのような恨みを買っているか分かりはしない。

大助は無論、与平お福夫婦や太市の身に万一の事があっては一大事だ。

香織は、厳しさを滲ませた。

太市は表門を閉め、門番所に詰めて表門前を警戒した。そして、香織は屋敷内を警戒した。


月番の南町奉行所には、様々な者が出入りしていた。

「秋山さま……」

南町奉行所臨時廻り同心の蛭子《えびす》市兵衛《いちべえ》は、用部屋にいた秋山久蔵を訪れた。

「おう。市兵衛か。入りな」

久蔵は、書類に眼を通しながら告げた。

「お邪魔します」

市兵衛は、用部屋に入って久蔵の背後に控えた。

久蔵は、書類に署名をして筆を置き、振り返った。

「珍しいな。どうかしたかい……」

蛭子市兵衛は、久蔵から探索能力を高く評価されている老練な同心だ。

「はい。十年前、遊び人を斬り棄てて島送りになった浪人、黒沢左門《くろさわさもん》が御赦免《ごしやめん》になって先月、江戸に戻ったそうです」

「黒沢左門が……」

「はい……」

市兵衛は頷いた。

久蔵は、黒沢左門の落ち着いた風貌を思い出した。

十年前、浪人の黒沢左門は女誑《たら》しの遊び人卯之吉《うのきち》を斬り、月番だった南町奉行所に出頭した。

久蔵と市兵衛は、黒沢に卯之吉を斬り棄てた理由を尋ねた。

喧嘩の果てだ……。

黒沢は、そう云った切り沈黙した。

久蔵と市兵衛は、黒沢が卯之吉を斬り棄てた理由を調べた。

遊び人の卯之吉は、何人もの女を誑し込んでは金蔓《かねづる》にしている所謂《いわゆる》〝ひも〟だった。誑し込まれた女の中には、女郎に売り飛ばされた者もいた。そして、そうした女の中に、左門の一人娘もいたのだ。

黒沢左門は、娘を始めとした食い物にされた女たちの行く末を憂え、卯之吉を斬り棄てたのだ。

久蔵と市兵衛は睨んだ。だが、黒沢は頑として沈黙を守った。

真相を話せば、傷付く女が大勢いる……。

久蔵と市兵衛は、黒沢が女たちを庇《かば》っていると睨んだ。

「如何《いかが》致しますか……」

「死罪には出来ぬな……」

久蔵は苦笑した。

「はい……」

市兵衛は、嬉しげに頷いた。

久蔵は、黒沢左門を遠島《えんとう》の刑に処した。

黒沢は三宅島に送られた。そして、十年が過ぎて御赦免となり、江戸に帰って来たのだ。

「そうか、黒沢左門、先月、江戸に帰って来ていたか……」

「はい。十年前は四十歳を過ぎたばかりでしたから、今は五十歳過ぎになりますか。良く無事に戻って来たものです」

市兵衛は感心した。

遠島の刑は、馴れない島に送られ、己で塒《ねぐら》や食い物を調達しなければならない厳しいものであり、赦免も滅多になく無事に帰って来る者は少なかった。

「で、黒沢左門、今、何処にいるんだい」

「そいつが身請人の処に一度顔を出して消えてしまったそうです」

「消えた……」

久蔵は眉をひそめた。

「あの黒沢左門です。他人さまに迷惑を掛けず、己の身は己で始末するつもりかと……」

「うむ。市兵衛、黒沢左門、ちょいと探してみちゃあくれねえか……」

「宜しいのですか……」

市兵衛は、小さな笑みを浮べた。

「ああ。何事もなく暮らしていりゃあいいが、何と云っても島帰りだ。その辺をな……」

「心得ました」

市兵衛は頷き、久蔵の用部屋を立ち去った。

「黒沢左門か……」

久蔵は、微かに懐かしさを覚えた。


蛭子市兵衛は、岡っ引の神明《しんめい》の平七《へいしち》を呼んだ。

神明の平七は、下っ引の庄太《しょうた》を従えて芝神明町からやって来た。

市兵衛は、平七と庄太に黒沢左門の事を話して聞かせた。

「島帰りの浪人ですか……」

平七は眉をひそめた。

「うん。で、捜す事になってな……」

「捜すと仰っても、手立ては……」

平七は困惑した。

「罪を償って来た者を、お尋ね者のように手配する訳にはいかぬしな……」

市兵衛は苦笑した。

「ええ。で、蛭子の旦那、黒沢左門さん、遊び人の卯之吉を殺した時、何処に住んでいたんですか……」

「妻恋稲荷《つまこいいなり》裏の町の長屋で妻と十八になる娘の三人で暮らしていた」

「じゃあ、そのおかみさんと娘に……」

「そいつが、黒沢が島送りになった後、いつの間にか引っ越してしまってな。迂《う》闊《かつ》な話だ」

市兵衛は苦笑した。

「そうですか。ですが旦那……」

「その辺から捜すしかないか……」

市兵衛は、平七の考えを読んだ。

「ええ……」

平七は頷いた。

「よし。そうするか……」

市兵衛は、平七や庄太と島帰りの黒沢左門を捜し始めた。

「秋山さま……」

定町廻り同心の神崎和馬《かんざきかずま》が、久蔵の用部屋にやって来た。

「おう。どうした……」

久蔵は、御用留帳を書きながら訊いた。

「神田明神下の丸屋《まるや》と云う口入屋《くちいれや》の主が、行方知れずになったそうです」

「口入屋の主が行方知れず……」

久蔵は、筆を置いて和馬を振り向いた。

「はい。万蔵《まんぞう》と云う名で、三日前の夜、出掛けたきり帰らないそうです」

「三日前の夜、万蔵、何処に出掛けたんだい」

「そいつが同業者の寄合いだと、家族や店の者に云って出たのですが、寄合いなんてなかったそうです」

和馬は眉をひそめた。

「女、どうなんだ……」

お店の主が、寄合いだと称して女の処に行き、居続ける事は良くある。

「一応、いないそうですが……」

「分かりはしねえか……」

久蔵は苦笑した。

「はい……」

「で、どうした」

「今、幸吉たちが足取りを探しています」

「そうか……」

「はい。じゃあ……」

和馬は、報告を済ませて用部屋を出ようとした。

「和馬、行方知れずになった万蔵、どんな奴なんだ……」

「えっ、いえ、そいつは未だ……」

「だったら、さっさと調べてみるんだな」

久蔵は苦笑した。

「心得ました……」

和馬は、用部屋を出て行った。

「口入屋の主か……」

久蔵は、庭先から吹き込む風に冷たさを感じた。

柳橋の弥平次は、幸吉、雲海坊、由松に口入屋『丸屋』の旦那の万蔵の足取りを追わせ、勇次と共に万蔵の身辺を調べた。

万蔵は、大店《おおだな》や旗本屋敷などに出入りをしていた。

「商売上手だと専《もっぱ》らの評判ですね……」

勇次は告げた。

「ま、それだけ抜け目がないって事かもしれないし、肝心なのは人柄だ」

弥平次は苦笑した。

「そいつなんですが、家族と店の者の話では、旦那の万蔵は穏やかな人柄で他人と揉めたり、争ったりする事もなかったそうです」

勇次は眉をひそめた。

「じゃあ、恨まれてもいないか……」

弥平次は睨んだ。

「はい。きっと……」

「で、他に妙な処はないのか……」

「妙な処ですか……」

勇次は戸惑った。

「ああ。万蔵だけじゃあなく店の方にもな」

「今の処、聞いちゃあいませんが、詳しく調べてみます」

「うん。人ってのは表があれば裏もある。家族や店の者も知らない秘密があっても不思議はないからな」

「はい……」

勇次は頷いた。

「親分、勇次……」

和馬がやって来た。

「こりゃあ、和馬の旦那……」

弥平次と勇次は、和馬を迎えた。

「親分、行方知れずになった丸屋の万蔵、どんな奴なのか調べるぞ……」

和馬は、弥平次に命じた。

「えっ……」

弥平次と勇次は、思わず顔を見合わせた。

「いや、なに、秋山さまがさっさと調べろと仰ってな……」

「旦那、そいつならもう調べていますよ」

「そうか。流石は柳橋の親分だ。じゃあ、万蔵がどんな奴なのか、聞かせてくれ」

和馬に屈託はなかった。

弥平次は苦笑した。


幸吉、雲海坊、由松は、口入屋『丸屋』の主・万蔵の足取りを探していた。

店の者の話では、万蔵は明神下の店を出て不忍池に向かった。

家族や店の者は、寄合いが不忍池の畔の料理屋で行なわれると思って見送った。

しかし、万蔵は何処の料理屋にも訪れていず、寄合いすら行なわれていなかった。

万蔵は、家族や店の者に嘘偽りを告げて何処に行ったのか……。

幸吉、雲海坊、由松は、万蔵の足取りを探し続けた。


妻恋稲荷は、明神下の通りから妻恋坂をあがった処にあった。

蛭子市兵衛は、神明の平七や下っ引の庄太と妻恋稲荷裏の町の片隅にある長屋を訪れた。

だが、長屋には黒沢左門が妻や娘と暮らしていた十年前を知っている者はいなかった。

「十年一昔だ。やはり難しいか……」

市兵衛は眉をひそめた。

「旦那、大家さんに訊いてみますか……」

「うん。それしかないな」

「ええ。あっしは、この界隈に黒沢さんを知っている者がいるか聞き込んでみます。庄太、旦那のお供をしな」

「はい……」

「よし。じゃあ、此処を頼んだよ」

市兵衛は、庄太を従えて長屋の大家の家に向かった。

平七は、長屋の周囲を見廻し、十年前からあるような古い店を探した。

陽は西に沈み始めた。

長屋の大家は、戸惑いを浮べた。

「十年前に長屋で暮らしていた黒沢左門の妻と娘だが、どうかしたか……」

市兵衛は、戸惑う大家に眉をひそめた。

「は、はい。実は先月、黒沢左門さんが来て同じ事を訊かれたものでして……」

「蛭子の旦那……」

庄太は驚いた。

「うむ。黒沢左門が来たのか……」

黒沢左門は、妻や娘を捜して十年前に住んでいた長屋に現れていた。

「はい。髪は真っ白で眼付きも険しくなっていましてね。人足のような形《なり》で不意に来たので驚きましたよ」

「白髪頭で人足のような形か……」

市兵衛は、島流しになった浪人の黒沢左門の十年間の苦労に想いを馳せた。

「はい……」

「で、黒沢は妻や娘の引っ越し先を訊いたのだな……」

「はい。それで、おかみさんと娘さんは、入谷鬼子母神《いりやきしもじん》裏の長屋に越したと……」

「入谷鬼子母神裏の長屋か……」

「はい……」

「何て長屋だ」

「それが良く覚えていなくて。それに十年前の事だし、未だ暮らしているかどうか……」

大家は、申し訳なさそうに首を捻った。

「うむ……」

黒沢左門は、白髪頭の人足姿で妻と娘を探している。

市兵衛は、微かな哀れみを覚えた。

秋山屋敷の潜り戸が開き、太市が緊張した顔を見せた。

「お帰りなさいませ」

「うむ……」

久蔵は、潜り戸を入った。

太市は、六尺棒を握り締めて表門前の様子を油断なく見廻した。

久蔵は眉をひそめた。

太市は、表門前に不審がないのを確かめて潜り戸を閉めた。

「何があった……」

久蔵は、屋敷に異変があったのに気付いた。

「はい。今朝、妙な人足が御屋敷を窺っていたそうでして……」

「妙な人足……」

「はい。それで……」

「妙な人足、どんな奴だった」

「それが、見たのは大助さまの見廻り散歩帰りの与平さんでして……」

「与平か……」

「はい。それに人足は手拭で頬被りをしていて顔は良く分からなかったと……」

太市は眉をひそめた。

「そいつは御苦労だったな。今の処、表に変わった気配はない」

「そうですか……」

太市は、安堵の吐息を洩らした。

おそらく、朝から緊張して屋敷の警戒をしていたのだ。

「太市、飯は食べたのか……」

「夕暮れ前に握り飯を……」

「そいつは腹が減っただろう。晩飯を食べて一休みしろ。後は俺が引き受けた」

久蔵は、太市を労った。

「はい。ありがとうございます」

太市は、白い歯を見せて笑い、久蔵の帰りを報せに屋敷に走った。

頬被りをした人足とは、何者なのか……。

久蔵は想いを巡らせた。だが、これと云って思い当たる者は浮かばなかった。

いずれにしろ油断は出来ない……。

久蔵は、夜の闇を鋭く見廻した。

二

口入屋『丸屋』の万蔵が見付かった。

和馬は、弥平次や幸吉たちと不忍池の畔にある永経寺《えいけいじ》に駆け付けた。

万蔵は、永経寺の墓地の掃き集められた落葉の下で死んでいた。

和馬と弥平次は、万蔵の死体を検《あらた》めた。

万蔵は、心の臓を一突きにされていた。

刺し傷に躊躇いはなく、見事な一突きと云っても良かった。

「手慣れた奴の殺しだな……」

和馬は眉をひそめた。

「ええ。仏さんの様子から見て行方知れずになった夜、殺されたようですね」

弥平次は、万蔵が出掛けた夜に殺されたと読んだ。

「何処のどいつが、どうして殺ったのか……」

和馬は吐き棄てた。

「親分、和馬の旦那……」

幸吉が、永経寺の周囲の聞き込みから戻って来た。

「何か分かったか……」

「はい。万蔵、頬被りをした人足と一緒にいるのを隣りの寺の寺男が見ていましたよ」

幸吉は告げた。

「頬被りをした人足だと……」

「はい。暗かったので人相迄は分からなかったそうです」

「その人足が万蔵を殺ったか……」

和馬は睨んだ。

「ええ。おそらく間違いないでしょう」

幸吉は頷いた。

「よし。人足の行方を追ってくれ」

弥平次は命じた。

「承知……」

幸吉は、墓地から駆け出して行った。

「さあて、万蔵、その人足にどうして殺されたかですね」

「だが、万蔵には恨まれているような事はないのだろう」

「はい。ですが、昔の事は分かりません」

「昔の事……」

「ええ。万蔵、口入屋を始める前、何をしていたのか……」

弥平次は、厳しさを過ぎらせた。


入谷鬼子母神裏の長屋の井戸端は、洗濯をするおかみさんたちで賑わっていた。

「やあ……」

蛭子市兵衛は、平七と共におかみさんたちに近付いた。

おかみさんたちは、顔を見合わせて黙り込んだ。

「忙しい処すまないが、ちょいと訊きたい事があってね。邪魔するよ」

「何ですか、訊きたい事って……」

中年の肥《ふと》ったおかみさんが、煩わしそうに盥《たらい》の前から立ち上がった。

「此処に黒沢松江《まつえ》っておかみさんと菊乃《きくの》って娘が住んでいる筈だが……」

市兵衛は尋ねた。

黒沢松江と菊乃、それが黒沢左門の妻と娘の名前だった。

「ああ。松江さんなら五年前に病で亡くなりましたよ」

肥ったおかみさんは眉をひそめた。

「亡くなった……」

市兵衛は戸惑った。

「ええ。病がちのおかみさんだったから、気の毒だったよねえ……」

肥ったおかみさんは、松江に同情した。

他のおかみさんたちは頷いた。

「じゃあ、菊乃って娘さんは……」

平七は訊いた。

「お菊ちゃんならおっ母さんが亡くなった後、須田町《すだちよう》の米問屋に住込みの奉公に出ましてね。此処から出て行きましたよ」

一人になった若い娘が、大店に住込み奉公に出るのは珍しい事ではない。

「そうか。じゃあ、もう此処には松江も菊乃もいない訳か……」

市兵衛は、落胆を滲ませて長屋を見廻した。

「ええ……」

肥ったおかみさんは頷いた。

「で、娘が奉公に出た須田町の米問屋、何て屋号かな」

「何て云ったかな……」

肥ったおかみさんは困惑した。

「おときさん、恵比寿《えびす》屋さんじゃあなかったかしら……」

若いおかみさんが、洗濯をしながら肥ったおかみさんを見上げた。

「そうそう、恵比寿屋だ。旦那、親分さん、米問屋、恵比寿屋でしたよ」

肥ったおかみさんは、嬉しげに告げた。

「須田町の米問屋恵比寿屋かい……」

平七は念を押した。

「ええ。間違いありませんよ」

「旦那……」

「うん……」

市兵衛と平七は、おかみさんたちの話に間違いはないと見定めた。

「処でみんな、人足が松江と菊乃の事を訊きに来なかったかな……」

「人足……」

肥ったおかみさんは眉をひそめた。

「ああ……」

「私は知らないけど、みんなはどうだい……」

「さあ……」

おかみさんたちは首を横に振った。

市兵衛と平七は、長屋の木戸を出た。

「親分、旦那……」

下っ引の庄太が駆け寄って来た。

「どうだ、何か分かったか……」

「はい。手拭で頬被りをした人足、彷徨《うろつ》いていたそうですよ」

庄太は、小さく笑った。

手拭で頬被りをした人足は、おそらく黒沢左門だ。

黒沢左門は、妻の松江の死と娘の菊乃の身の振り方を知った。

市兵衛は睨んだ。

「よし。神田須田町の米問屋の恵比寿屋だ……」

「はい……」

市兵衛、平七、庄太は、神田須田町に向かった。


和馬と弥平次は、殺された口入屋『丸屋』の万蔵の昔を洗った。

万蔵は十年前に口入屋『丸屋』を始めており、それ迄は博奕打ちや得体の知れぬ奴らと付き合っていた遊び人だった。

「どうやら、殺されたのはその辺に拘わりがありそうですね」

弥平次は読んだ。

「きっと……」

和馬は頷いた。

「じゃあ、昔、万蔵と拘わりのあった博奕打ちや遊び人を捜してみますか……」

「うん……」

和馬は頷いた。

神田須田町は、八ッ小路から日本橋に向かう通りの入口にある。

米問屋『恵比寿屋』は、御用達の金看板を何枚も掲げた老舗《しにせ》だった。

市兵衛は、平七や庄太と米問屋『恵比寿屋』を見張り、奉公人の中に黒沢左門の娘の菊乃を捜した。

黒沢菊乃は、十八歳の時に遊び人の卯之吉に誑《たぶら》かされて女郎に売り飛ばされそうになった。それから十年が経ち、今は二十八歳になっている筈だ。

市兵衛は、二十八歳程の女の奉公人を捜した。だが、女の奉公人の中に、二十八歳の菊乃らしき者はいなかった。

既に米問屋『恵比寿屋』を辞めたのか……。

市兵衛は、微かな焦りを覚えた。

湯島天神門前の居酒屋は、板前と若い衆が料理の仕込みと開店の仕度に忙しかった。

和馬と弥平次は、居酒屋の店主の甚兵衛《じんべえ》を呼び出した。

「忙しい時にすまないね」

弥平次は詫びた。

「いいえ。で、弥平次の親分、何か……」

甚兵衛は、弥平次と和馬を怪訝に見た。

「口入屋の丸屋の万蔵、行方知れずなのを知っているね」

弥平次は尋ねた。

「えっ、ええ。噂は聞いていますよ」

甚兵衛は眉をひそめた。

「お前さん、若い頃、万蔵と連んでいたと聞いたが……」

「ほんの僅かな間ですよ……」

甚兵衛は、誤魔化すように笑った。

「で、その頃の万蔵、恨まれるような真似はしていなかったかな」

弥平次は、厳しさを過ぎらせた。

「恨まれるような真似ですか……」

「ああ。知っているなら、さっさと話すのが身の為だぞ」

和馬は、甚兵衛に凄味を効かせた。

「そりゃあもう。仰る迄もなく……」

甚兵衛は、微かな怯えを滲ませた。

「だったら話すんだな……」

和馬は薄く笑った。

「は、はい。万蔵、恨まれるような真似は余りしなかったと思いますが、連んでいた卯之吉って野郎が女を誑かして金蔓にしたり、売り飛ばしたりする悪《わる》で、そりゃあもう恨まれていましてね。万蔵、卯之吉からいろいろお零《こぼ》れを貰っていましたが、恨みのお零れも貰ってしまったのかもしれません」

「卯之吉……」

弥平次は眉をひそめた。

「ええ。尤もその卯之吉は、浪人に叩き斬られて死にましたがね」

甚兵衛は、頰を引き攣《つ》らせて笑った。

「浪人に斬られた……」

和馬は驚いた。

「はい……」

「じゃあ、恨まれるような真似をしたのは連んでいた卯之吉って奴で、万蔵はそれ程でもないんだな」

「ええ。あっしの知る限りじゃあ……」

甚兵衛は頷いた。

「和馬の旦那……」

「うむ……」

弥平次と和馬は、甚兵衛が知っているのはこれ迄だと見極めた。


蕎麦屋の小座敷の窓からは、米問屋『恵比寿屋』が見えた。

市兵衛は、平七や庄太と腹拵《はらごしら》えをし、僅かな酒を飲んだ。

庄太は、窓から米問屋『恵比寿屋』を見張った。

米問屋『恵比寿屋』の表には、二人の人足と手代が空の大八車を引いて戻って来た。そして、手代は店に戻り、二人の人足は空の大八車を引いて裏の米蔵に向かった。

「庄太、変わった事はないな……」

平七は尋ねた。

「はい。今、手代と人足たちが大八車を引いて帰って来ました。きっと、米を届けて帰って来たんでしょう」

庄太は読んだ。

米問屋『恵比寿屋』の小僧が、町駕籠《かご》を呼んで来た。

「小僧が町駕籠を呼んで来ました。誰か出掛けるようですよ」

庄太は睨んだ。

市兵衛と平七は庄太の傍に寄り、窓から米問屋『恵比寿屋』を見た。

三十歳前後のお内儀《かみ》が、女中を伴って『恵比寿屋』の横手の内玄関から出て来た。

「恵比寿屋のお内儀さんですかね」

平七は睨んだ。

「らしいな……」

市兵衛は頷いた。

お内儀は、小僧が呼んで来た町駕籠に乗り、女中は脇に付いた。

番頭や小僧たちが店から現れ、女中を従えて町駕籠で出掛けるお内儀を見送った。

「追ってみますか……」

庄太は、平七の指図を待った。

「私が追ってみよう。平七たちは此処を頼む」

「承知しました」

平七は頷いた。

市兵衛は、素早く小座敷を出て行った。


「口入屋の万蔵、殺されていたか……」

久蔵は眉をひそめた。

「はい。死体は寺の墓地の落葉の下に隠されていましてね。どうやら出掛けた日に殺されたようです」

和馬は報せた。

「そうか……」

「で、万蔵、殺される前に頰被りをした人足と一緒にいましてね。今、幸吉たちが人足を捜しています」

「頰被りをした人足……」

久蔵は、秋山屋敷に現れた頰被りをした人足を思い出した。

「はい。それで柳橋の親分と万蔵を恨んでいる者がいないか調べたのですが。万蔵、若い頃に質《たち》の悪い遊び人と連んでいましたが、殺される程の恨みは買っちゃあいないようです」

「質の悪い遊び人と連んでいたか……」

「ええ。尤もその質の悪い遊び人は、浪人に叩き斬られたそうですがね……」

和馬は告げた。

「浪人に斬られた……」

久蔵は厳しさを浮べた。

「はい。十年も前の話ですが……」

「和馬、その浪人に斬られた質の悪い遊び人、卯之吉って野郎じゃねえのかな」

「えっ。そうですが、御存知なのですか……」

和馬は戸惑った。

「ああ。そうか、万蔵は昔、卯之吉と連んでいたのか……」

「は、はい……」

和馬は、要領を得ないまま頷いた。

「和馬、その卯之吉を叩き斬った浪人は黒沢左門と云ってな、俺が島送りにした」

「島送り……」

和馬は驚いた。

「ああ。だが先月、御赦免になって江戸に帰って来たそうだ」

「で、その黒沢、今、何処に……」

「そいつが分からなくてな。市兵衛が捜しているぜ」

「市兵衛さんが……」

「ああ。卯之吉殺し、市兵衛の扱いだったからな……」

「秋山さま、ひょっとしたら万蔵を殺ったのは、その黒沢左門では……」

「じゃあ、万蔵と一緒にいた頬被りをした人足、黒沢左門だったって訳か……」

「はい。違いますかね」

「かもしれねえな……」

黒沢左門は、卯之吉と連んでいた万蔵を何らかの理由で殺したのかもしれない。

そして、久蔵は己の屋敷に現れた頬被りをした人足も黒沢左門だと睨んだ。


東叡山寛永寺《とうえいざんかんえいじ》裏、根岸の里にある祥雲寺《しょううんじ》は静けさに包まれていた。

町駕籠は祥雲寺門前に停まった。

追って来た市兵衛は、木立の陰に入って見守った。

米問屋『恵比寿屋』のお内儀が町駕籠を降り、駕籠舁《かき》に待つように告げて祥雲寺の山門を潜った。

お供の女中が続いた。

市兵衛は、お内儀と女中を追って祥雲寺の境内に入った。

お内儀と女中は、庫裏《くり》に挨拶をして本堂の裏手にある墓地に向かった。

墓参りか……。

市兵衛は追った。


線香の紫煙は揺らぎながら立ち昇った。

住職は経を読み、お内儀は線香や花を供えた小さな墓に手を合せた。

市兵衛は、他家の墓の陰から見守った。

老舗の米問屋『恵比寿屋』にしては、小さくて貧弱な墓だった。

市兵衛は戸惑った。

米問屋『恵比寿屋』の墓でなければ、お内儀の実家と拘わるものなのかもしれない。

市兵衛は読んだ。

住職の経が終わり、お内儀の墓参りは終わった。

お内儀と女中は、住職と一緒に本堂に向かって行った。

市兵衛は、小さな墓に駆け寄り、書かれている名を読んだ。

俗名・黒沢松江……。

墓に書かれた名は、墨が薄れてはいるがそう読めた。

市兵衛は驚いた。

黒沢松江は、黒沢左門の死んだ妻なのだ。

その松江の墓に手を合わせた米問屋『恵比寿屋』のお内儀は……。

市兵衛は読んだ。

松江の娘の菊乃……。

米問屋『恵比寿屋』のお内儀は、黒沢左門の娘の菊乃なのかもしれない。

市兵衛は読み続けた。

菊乃は、五年前に米問屋『恵比寿屋』に住込みの女中として奉公した。そして、『恵比寿屋』の旦那に見初められてお内儀になったのかもしれない。

市兵衛は墓地を出た。

町駕籠は待っていた。
菊乃は、未だ祥雲寺を出てはいない。
市兵衛は木陰に潜《ひそ》んだ。
僅かな刻が過ぎ、お内儀が女中を連れて出て来た。
市兵衛は、お内儀の顔に十年前に見た菊乃の面影を探した。
面影はあった……。
やはり、米問屋『恵比寿屋』のお内儀は、黒沢左門の娘の菊乃に間違いなかった。
奉公人を捜してもいなかった筈だ……。
市兵衛は苦笑した。
菊乃は、待たせてあった町駕籠に乗って来た道を戻り始めた。
女中が続いた。
店に戻るのか……。
市兵衛は、木陰を出て追い掛けようとした。
頬被りをした人足が、祥雲寺から不意に現れた。
市兵衛は、咄嗟に木陰に潜んだ。

頬被りをした人足は、辺りを見廻して菊乃の乗った町駕籠を追った。

白髪頭に険しい眼付き……。

市兵衛は、妻恋稲荷裏の長屋の大家の言葉を思い出した。

黒沢左門……。

市兵衛は、頬被りをした人足が黒沢左門だと見届けた。

黒沢左門は、娘の菊乃を乗せた町駕籠の後に続いた。

何をする気だ……。

市兵衛は、黒沢左門を見守る事にした。

黒沢左門は、菊乃の乗った町駕籠を護るかのように続いた。

市兵衛は追った。

三

米問屋『恵比寿屋』から米俵を積んだ大八車が出て行った。

平七と庄太は、蕎麦屋の小座敷から米問屋『恵比寿屋』を見張り続けた。

「親分……」

庄太が、緊張した声音で平七を呼んだ。

「どうした……」

平七は、庄太のいる窓辺に寄った。

「恵比寿屋の前にいる縞《しま》の半纏《はんてん》の野郎、見覚えありませんか……」

「縞の半纏の野郎……」

平七は、庄太の示した縞の半纏を着た男を見た。

「野郎、大門《だいもん》の仁《に》吉《きち》の処の博奕打ちだな……」

「はい。利《り》助《すけ》って三下です」

大門の仁吉は、三縁山増上寺《さんえんざんぞうじょうじ》門前の中門前三丁目に住む博奕打ちの貸元であり、利助はその身内だった。そして、平七の女房が営む茶店は飯倉《いいくら》神明宮前にあり、中門前の町と近かった。

「利助、恵比寿屋を窺っていやがるな……」

平七は、利助の様子を窺った。

「はい。野郎、何か企んでいるのかな……」

庄太は喉を鳴らした。

僅かな刻が過ぎ、利助は米問屋『恵比寿屋』の前を離れて八ッ小路に向かった。

「親分……」

「ああ。俺が追う。庄太は恵比寿屋の見張りを続けてくれ」

平七は、庄太を残して利助を追った。


神田八ッ小路に出た利助は、神田川に架かっている昌平橋を渡って明神下の通りに進んだ。

平七は尾行た。

利助は、明神下の通りを進んで家並みの路地に入った。

どうした……。

平七は、物陰に入って利助を見守った。

利助は、路地から向かい側の店を見詰めていた。

向かい側の店は大戸が閉められ、忌中と書いた紙が貼られていた。

平七は、利助が弔い中の店を窺っているのを知った。

「何処の誰だい……」

平七は、囁き声に振り返った。

柳橋の弥平次がいた。

「こりゃあ柳橋の親分……」

「暫くだな、平七。で、奴は何処の誰だい」

弥平次は、路地にいる利助を示した。

「利助って博奕打ちの三下奴ですよ」

「博奕打ちの三下……」

弥平次は眉をひそめた。

「ええ。大門の仁吉って博奕打ちの貸元の身内ですよ」

「その三下が、丸屋を窺っているか……」

「丸屋ですかい……」

「ああ、口入屋でな。行方知れずだった万蔵って主が殺されていた」

「えっ……」

平七は戸惑った。

「平七、三下の後ろは勇次が取った筈だ」

弥平次は、既に勇次を利助の見張りに付けていた。

「そいつは造作を掛けます」

平七は笑った。

「で、三下、何をやったんだい……」

「実は今、蛭子の旦那と島帰りの黒沢左門って浪人を捜していましてね……」

「島帰り……」

弥平次は、厳しさを過ぎらせた。

「ええ……」

平七は、島帰りの黒沢左門捜しを弥平次に話し始めた。


町駕籠は御成《おなり》街道から昌平橋を渡り、八ッ小路を抜けて米問屋『恵比寿屋』に戻った。

菊乃は、町駕籠を降りて女中と一緒に『恵比寿屋』の内玄関に入った。

黒沢左門は物陰で見送り、『恵比寿屋』の裏手の米蔵に消えた。

市兵衛は米蔵に急いだ。

米蔵の前では、人足たちが配達を終えた大八車の手入れをしていた。

市兵衛は、人足たちの中に黒沢左門を捜した。しかし、黒沢左門はいなかった。

撒《ま》かれたのか……。

市兵衛は、微かな焦りを覚えた。だが、菊乃を見張っている限り、黒沢左門とは又逢える筈だ。

市兵衛は確信していた。

それより、黒沢左門は何故、娘の菊乃を護るように追って来たのだ。

市兵衛は想いを巡らせた。

そこには、娘の菊乃が米問屋『恵比寿屋』のお内儀になった事が拘わりあるのだ。

菊乃はどうしてお内儀になった……。

市兵衛は、菊乃がお内儀になった経緯《いきさつ》を詳しく知りたくなった。

通りの左右に連なる店々は、店仕舞いの仕度を始めた。

市兵衛は、蕎麦屋の小座敷に戻った。

小座敷には、平七が弥平次を伴って戻って来ていた。

「おう。弥平次の親分……」

「御無沙汰しております」

「どうした……」

市兵衛は、平七に尋ねた。

「はい……」

平七は、博奕打ちの三下の利助を追って明神下の口入屋『丸屋』に行き、弥平次に逢った事を説明した。

「で、その丸屋ですが、主が殺されたそうでしてね……」

「殺された……」

市兵衛は、弥平次を促した。

「はい。殺された主の万蔵、行方知れずになっていましてね……」

弥平次は、万蔵が死体で見付かった経緯を語った。

庄太が、行燈に火を灯した。

行燈の火は、仄《ほの》かに小座敷を照らした。

弥平次は語り終えた。

「それで万蔵、殺された夜、頬被りをした人足と一緒にいたのか……」

市兵衛は眉をひそめた。

「はい……」

弥平次は頷いた。

「蛭子の旦那……」

平七は、厳しさを滲ませた。そこには、万蔵を殺した頬被りをした人足が、黒沢左門ではないかと云う睨みがあった。

「うん。どうやら和馬と弥平次の親分たちが追っている万蔵殺しと私たちの黒沢左門捜し、繋がっているようだな」

市兵衛は睨んだ。

「蛭子の旦那もそう思われますか……」

弥平次は、小さな笑みを浮べた。

「うん……」

市兵衛は頷いた。

「で、恵比寿屋のお内儀、戻ったようですが、何処に……」

平七は尋ねた。

「お内儀、黒沢松江の墓参りに行ったよ」

「えっ。って事は……」

平七は戸惑った。

「うん。恵比寿屋のお内儀、黒沢左門の娘の菊乃だよ」

「そうだったんですか……」

平七と庄太は驚いた。

「で、頰被りをした人足が現れてね」

平七と庄太、そして弥平次は緊張した。

「島帰りの黒沢左門だった」

「やっぱり……」

「で、黒沢左門、菊乃の乗った町駕籠を護るようにして戻って来た」

「じゃあ今、恵比寿屋に……」

「そいつが、見事に見失ってしまった……」

市兵衛は苦笑した。

「そうですか。それにしても恵比寿屋のお内儀が黒沢左門の娘とは驚きましたね」

平七は眉をひそめた。

「うん。そこでだ、平七、菊乃がどうしてお内儀になったか探ってみてくれ」

「はい……」

平七は頷いた。

「それから弥平次の親分、黒沢の様子を見ると、何者かが菊乃を狙っているのかもしれぬ。万蔵は、その一味だったのかもな……」

市兵衛は読んだ。

「はい……」

弥平次は頷いた。

「そして、黒沢は万蔵が死んだ今も警戒を続けている……」

市兵衛は、厳しさを滲ませた。

「万蔵には仲間がいますか……」

弥平次は、市兵衛の言葉の先を読んだ。

「おそらくな。そして、そいつは博奕打ちの三下と拘わりがあるのかもな……」

「分かりました。和馬の旦那と博奕打ちの貸元、大門の仁吉に探りを入れてみます」

弥平次は頷いた。

「うん。平七、私は秋山さまに今迄に分かった事をお報せしてくる……」

市兵衛、平七、庄太、弥平次は一斉に動き始めた。

燭台《しょくだい》の火は、仄かに辺りを照らしていた。

「そうか。口入屋の万蔵殺し、黒沢左門が絡んでいたか……」

「ええ。御赦免になって漸く江戸に帰れたと云うのに……」

「うむ。その黒沢が人を殺したとなると、理由は娘の菊乃に拘わる事でしかないか……」

久蔵は睨んだ。

「おそらく……」

市兵衛は頷いた。

「そして、未だ何かをしようとしている……」

「ええ。娘の菊乃の為に……」

市兵衛は、微かな哀れみを過ぎらせた。

「うむ。父親として娘にしてやれる最後の事をな……」

久蔵は、黒沢左門の腹の内を推し量った。

燭台の火は揺れた。


米問屋『恵比寿屋』は大戸を下ろし、裏の米蔵も木戸を閉めた。

羽織を着た年寄りが、店の潜り戸から出て来た。

「一番番頭の彦兵衛《ひこべえ》です。三河町《みかわちょう》の家に帰るんでしょう」

庄太は平七に告げた。

一番番頭の彦兵衛は、先々代の時から米問屋『恵比寿屋』に奉公しており、三河町に仕舞屋《しもたや》を買い与えられていた。

「よし。当たってみるか……」

平七と庄太は、提灯《ちょうちん》を提げて三河町に向かう彦兵衛を追った。

彦兵衛は足早に進んだ。

「彦兵衛さん……」

平七は、彦兵衛を呼び止めた。

彦兵衛は、平七と庄太に警戒の眼差しを向けた。

「怪しい者じゃありません」

平七は、懐から十手を出して見せた。

「神明の平七と申しまして、お上の御用を承っている者です」

「神明の平七親分さんですか……」

彦兵衛は、警戒を僅かに解いた。

「ええ。お伺いしたい事がありましてね。ちょいとあそこで一杯如何ですか……」

平七は、暖簾を揺らしている小料理屋を示した。

「それなら明日、店の方で……」

彦兵衛は眉をひそめた。

「彦兵衛さん、聞きたい事は恵比寿屋のお内儀さんの事でしてね……」

平七は、恵比寿屋では話さない方が良いだろうと告げた。

「お内儀さんの事……」

彦兵衛は困惑した。

「ええ……」

平七は、彦兵衛を見詰めた。

「分かりました……」

彦兵衛は頷いた。

小料理屋は、客も少なく静かだった。

平七と庄太は、彦兵衛を伴って奥の座敷にあがった。

「ま、どうぞ……」

平七は、彦兵衛の猪口に酒を満たした。

「で、お内儀さんの事とは何でしょうか……」

彦兵衛は、酒の満たされた猪口を置いて平七を探るように見た。

「彦兵衛さん、お内儀のお菊さん、五年前に女中として奉公した黒沢菊乃さんですね」

平七は尋ねた。

「は、はい……」

彦兵衛は、戸惑いながらも頷いた。

「その菊乃さんが、どうして恵比寿屋のお内儀になったんですかい……」

「そ、それは……」

彦兵衛は、主家の事を話すのを躊躇った。

「彦兵衛さん、此処で話してくれなけりゃあ、同心の旦那とお店にお伺いしなければなりません。そうなれば、奉公人やお客にいろいろ余計な事を考えさせてしまうかも……」

「親分さん……」

彦兵衛は怯えた。

「彦兵衛さん、あっし共も出来るだけ穏便に済ませたいと思いましてね……」

平七は、心配げに眉をひそめた。

彦兵衛は、覚悟を決めたように酒を飲んだ。

「最初、菊乃さまは御隠居さま付きの女中として奉公したのです。御隠居さまは、器量も気立ても良い菊乃さまを大層お気にいられましてね。そうしている内に、お内儀を病で亡くされて独り身だった旦那さまが見初められ、後添えに望まれたのです」

「後添えですか……」

「ええ。御隠居さまもそれが良いと大変お喜びになられて……」

「お菊さん、後添え話を受けたのですね」

「最初は断っていたのですが、御浪人だった父親と母親を亡くし、天涯孤独だった菊乃さまです。旦那さまの熱心さに負け、お菊と名を変えて後添えになられたのです」

菊乃は、島送りになっていた黒沢左門を死んだ事にしていた。

「それは何年前ですか……」

「四年前でして、今は旦那さまとの間にもう二歳になる男の子もおります」

「そうですか……」

黒沢菊乃は、米問屋『恵比寿屋』のお内儀のお菊として子供もつくり、幸せな暮らしをしているのだ。

「親分さん、お内儀さんが何か……」

彦兵衛は、不安を過ぎらせた。

「彦兵衛さん、此処だけの話ですが、ある男が殺されましてね。そいつが菊乃さんの父親と拘わりがあったかもしれなくて。それでちょいと……」

平七は誤魔化した。

「で、親分さん、うちのお内儀さんは……」

「御安心下さい。彦兵衛さんのお話を聞いた限りじゃあ、恵比寿屋のお内儀さんには拘わりのない事のようです」

平七は、彦兵衛を安心させた。

「そうですか……」

彦兵衛は、安堵に顔を綻ばせて酒をすすった。

「ええ。処で彦兵衛さん、恵比寿屋さんは人足を雇っていますね」

　平七は話題を変えた。

「は、はい。お得意様にいつでもお米をお届け出来るように四人程……」

「確か白髪頭の人足もいますね……」

「ああ。あの人は人足頭の飲み仲間でしてね。時々手伝いに来て貰っているようですよ」

「そうでしたか。で、恵比寿屋さんは奉公人をどちらから……」

「昔は違いましたが、近頃は明神下の丸屋の口利きが多いですね」

「親分……」

　庄太は、緊張を滲ませた。

「うん。明神下の丸屋って口入屋なら、主は万蔵ですね」

　平七は念を押した。

「ええ……」

　彦兵衛は頷いた。

　殺された口入屋『丸屋』の万蔵は、米問屋『恵比寿屋』に出入りをしていた。

　平七は、思わぬ事を知った。

古川は将監橋《しょうげんばし》と金杉橋《かなすぎばし》を潜り、江戸湊《えどみなと》に流れ込んでいた。

三縁山増上寺門前中門前三丁目は、将監橋と金杉橋の間にあった。

弥平次は、博奕打ちの貸元の仁吉の店に幸吉たちを張り付けた。

貸元の仁吉の店は、明神下の口入屋『丸屋』を窺っていた三下の利助を追った勇次によって突き止められていた。

弥平次は、和馬と共に仁吉の店を訪れた。

仁吉の店は腰高障子が閉められ、明かりが灯されていた。

弥平次は、和馬と斜向かいの路地に向かった。

路地には、雲海坊と勇次がいた。

「こりゃあ親分、和馬の旦那……」

雲海坊と勇次は迎えた。

「幸吉と由松はどうした」

「仁吉を追って賭場に……」

「賭場は何処だ」

和馬は尋ねた。

「三田台町にある正久寺《しょうきゅうじ》って寺だそうです」

「三田台町の正久寺か……」

和馬は眉をひそめた。

三田台町には多くの寺があり、その中に仁吉が仕切る賭場があるのだ。

「で、店には誰がいるんだい」

「はい。昼間は仁吉と博奕打ちたちもいますが、今は妾と留守番の三下と飯炊き婆さんの三人だけです」

「そうか。で、頬被りをした人足が現れちゃあいないな」

貸元の仁吉が一件に拘わりがあれば、黒沢左門は現れる筈だ。

弥平次は、そう睨んでいた。

「ええ……」

雲海坊は、緊張した面持ちで頷いた。

「じゃあ、俺は和馬の旦那と三田の賭場に行ってみる。此処を頼んだぜ」

「承知……」

雲海坊と勇次は頷いた。

「じゃあな……」

弥平次と和馬は、雲海坊と勇次を残して三田に向かった。

古川に架かる将監橋を渡り、薩摩藩江戸上屋敷の横手の道から三田三丁目の辻を曲がれば寺町になる。

和馬と弥平次は、三田の木戸番屋に立ち寄って正久寺の場所を尋ねた。

「正久寺ですか……」

木戸番は、微かな戸惑いを過ぎらせた。

「正久寺がどうかしたのかい……」

弥平次は、木戸番の戸惑いに気付いた。

「へ、へい。つい今し方、白髪頭の浪人さんも訊きにきましてね……」

「白髪頭の浪人……」

和馬と弥平次は緊張した。

四

白髪頭の浪人……。

和馬と弥平次は、木戸番に正久寺の場所を尋ねた白髪頭の浪人を黒沢左門だと睨んだ。

「和馬の旦那……」

「うん。黒沢左門だ……」

黒沢左門は、やはり貸元の仁吉を追っているのだ。

和馬と弥平次は、正久寺に急いだ。


賭場は、盆茣蓙《ぼんござ》を囲んでいる客たちの熱気に溢れていた。

由松は、盆茣蓙の端に連なり、駒を張りながら胴元の座にいる大門の仁吉を窺った。

大門の仁吉は、頬が瘦《こ》けた眼の鋭い五十歳程の男だった。

由松は、大門の仁吉の様子を窺いながら駒を張った。気もそぞろな博奕は、何故か勝ち続けた。


正久寺は山門を閉め、夜の闇に沈んでいた。

和馬と弥平次は、正久寺の裏門に廻った。

裏門は開かれ、提灯を手にした利助たち三下奴がいた。

和馬と弥平次は、裏門の周囲を窺った。

幸吉が、裏門を見通せる物陰にいた。

和馬と弥平次は、幸吉の許に進んだ。

「親分、和馬の旦那……」

幸吉は、和馬と弥平次を迎えた。

「どうだ……」

「仁吉、正久寺の家作を借りて賭場にしていましてね。かなりの賑わいですよ。今、由松が潜り込んで様子を窺っています」

幸吉は告げた。

「そうか。それで白髪頭の浪人は来なかったか……」

「白髪頭の浪人ですか……」

幸吉は戸惑った。

「ああ。おそらく黒沢左門だ」

和馬は、厳しい面持ちで告げた。

「黒沢左門……」

幸吉は眉をひそめた。

「うむ。木戸番で正久寺の場所を訊いていた」

弥平次は、辺りの闇を鋭く見廻した。

「今の処、賭場に来た客に白髪頭の浪人はおりませんが……」

幸吉は告げた。

「そうか……」

弥平次は頷いた。

「それにしても黒沢左門、仁吉に何をしようってんですかね」

「ひょっとしたら万蔵のように殺す気かもしれない……」

和馬は読んだ。

「仁吉と万蔵、黒沢に何をしたんですかね」

幸吉は、微かな苛立ちを滲ませた。

「そいつは、おそらく米問屋恵比寿屋のお内儀に拘わりがあるのかもな……」

弥平次は睨んだ。

「黒沢左門の娘か……」

和馬は眉をひそめた。

「ええ……」

弥平次、和馬、幸吉は、賭博に来る客に白髪頭の浪人・黒沢左門を捜した。

「で、黒沢左門、仁吉の賭場には現れなかったか……」

久蔵は眉をひそめた。

「はい。賭場が御開《おひらき》になる迄、見張ったのですが……」

和馬は、寝不足の眼を擦《こす》った。

「で、大門の仁吉は今、中門前の店にいるのか……」

「はい。幸吉たちが交代で見張っています」

「そうか……」

「秋山さま……」

蛭子市兵衛が、用部屋にやって来た。

「おう。入ってくれ……」

「はい……」

市兵衛は、用部屋に入って来た。

「じゃあ、私はこれで……」

和馬は腰を浮かした。

「待て、和馬……」

久蔵は呼び止めた。

「は、はい……」

和馬は、腰を浮かしたまま固まった。

「市兵衛、用件は黒沢左門の件だな」

「はい。和馬、お前も聞いていた方が良いだろうな」

市兵衛は苦笑した。

「は、はい……」

和馬は脇に控えた。

「で……」

久蔵は、市兵衛を促した。

「平七の調べなんですが、米問屋恵比寿屋のお内儀のお菊、黒沢左門の娘の菊乃ですが、父親は死んだ事にしているそうです」

「じゃあ、十年前に自分を誑かした遊び人を斬り棄てて島流しになった父親の事は内緒にしているのか……」

久蔵は眉をひそめた。

「はい。そして、恵比寿屋には近頃、口入屋の丸屋の万蔵が出入りしていたそうです」

市兵衛は、久蔵の出方を窺った。

「成る程、黒沢左門が万蔵を殺し、博奕打ちの大門の仁吉の身辺を彷徨いているのは、その辺りかもしれねえな」

久蔵は苦笑した。

「はい。万蔵は、黒沢が十年前に斬り棄てた卯之吉と連んでいた男。きっと見覚えがあり、魂胆を見抜いたのかもしれません……」

市兵衛は読んだ。

「うむ。和馬、聞いての通りだ。此の事を柳橋に報せ、仁吉から眼を離すんじゃあねえ」

「心得ました」

和馬は、久蔵と市兵衛に一礼して慌ただしく用部屋を出て行った。

「さあて市兵衛。黒沢左門、今何処にいるのかだな……」

久蔵は、厳しさを滲ませた。

中門前三丁目の大門の仁吉の店は、幸吉、雲海坊、由松、勇次の見張りの許に置かれていた。

三下の利助が、軽い足取りで店から出て来て新橋に向かった。

「どうします、幸吉の兄貴……」

由松は、幸吉の指示を仰いだ。

「よし。俺が追うぜ」

雲海坊は、日焼けした饅頭笠《まんじゅうがさ》を被り直した。

「勇次、お前も一緒に行きな」

「はい……」

雲海坊と勇次は、三下の利助を追った。


米問屋『恵比寿屋』は繁盛していた。

お内儀付きの女中が、小さな風呂敷包みを抱えて内玄関から出て来た。

「お内儀付きの女中ですよ……」

庄太は女中を示した。

「お内儀の使いで何処かに行くのかな……」

市兵衛は眤んだ。

「追ってみますか……」

平七は、八ッ小路に向かう女中を見詰めた。

「うん。頼む……」

「じゃあ……」

平七と庄太は、お菊を見張る市兵衛を残して蕎麦屋を出て女中を追った。


八ッ小路は行き交う人で賑わっていた。

女中は八ッ小路を横切り、足早に昌平橋に向かった。

平七と庄太は、人混みに紛れて追った。

女中は昌平橋を渡り、神田明神に向かった。

平七と庄太は尾行た。

頰被りをした人足が、昌平橋の袂に現れて女中を追い掛けようとした。

「暫くだな、黒沢左門……」

頰被りをした人足は、背後からの呼び掛けに振り返った。

塗笠を被った久蔵が、着流し姿で昌平橋に佇んでいた。

「秋山さんか……」

黒沢は身構えた。

「娘の菊乃の為には、折角の御赦免も無駄にするか……」

久蔵は、黒沢を見据えた。

黒沢は、久蔵が己の動きを摑んでいるのに気付いた。

「苦労をしてきた娘が漸く摑んだ幸せだ。それを護るには、御赦免どころか命も惜しくはない」

黒沢は、薄い笑みを浮べた。

「口入屋の万蔵、昔の事で娘から金を脅し取った。それ故、手に掛けたか……」

「ああ……」

黒沢は頷いた。

「俺の処にも来たな……」

「十年前、世話になった礼を云いにな。だが、島帰りの挨拶、迷惑を掛けるだけだと気付いた。騒がせたようだな……」

「要らぬ気遣いだったな……」

「そうか……」

黒沢は、淋しげな笑みを浮べた。

「黒沢、万蔵殺しの真相、仔細を話せば、お上にも情けはあるぜ」

「秋山さん、万蔵殺しの真相を話せば娘の昔が知れる。私はそうさせたくないから万蔵を殺したのだ。情けは無用……」

黒沢は苦笑した。

「何もかも覚悟の上か……」

「ああ。三宅島での十年、黒沢左門は何度も死に掛けた……」

「死に掛けた……」

久蔵は眉をひそめた。

「飢えと病、生き残る為の殺し合いでな……」

黒沢は頬被りを取った。

白髪頭が露わになり、解れ髪《ほつ》が揺れて煌めいた。

「そうして拾った命。娘の為に棄てるのは惜しくはない」

黒沢は笑った。

久蔵は、黒沢の笑いに死ぬ覚悟を見た。

「黒沢……」

久蔵は、黒沢との間合いを詰めた。

刹那《せつな》、黒沢は昌平橋の欄干を蹴り、神田川に飛び込んだ。

久蔵は、素早く欄干に寄った。

黒沢は、水飛沫《みずしぶき》をあげて神田川に沈んだ。

水飛沫は煌めいた。

久蔵は、水飛沫の煌めきに黒沢を捜した。

水飛沫が納まった。だが、黒沢の姿は見えなかった。

黒沢左門は、神田川の流れに消えた。

「黒沢……」

久蔵は、己の迂闊さを罵《のの》しりながらも、何故か微かな安堵を覚えた。

米問屋『恵比寿屋』のお内儀付き女中は、神田明神の境内で三下の利助に持って来た小さな風呂敷包みを渡した。

金の受け渡し……。

平七、庄太、雲海坊、勇次は合流し、女中と利助の動きをそう読んだ。

博奕打ちの大門の仁吉は、口入屋『丸屋』万蔵から米問屋『恵比寿屋』のお内儀お菊の昔の事を聞き、金を強請《ゆす》り取っていた。

強請られたお菊は、旦那や番頭たち奉公人に内緒で金を渡していた。

御赦免で江戸に戻った黒沢左門は、妻の松江の死と娘の菊乃の今を知った。そして、菊乃が卯之吉と連んでいた万蔵と大門の仁吉に強請られているのに気付いた。

黒沢左門が万蔵を殺し、大門の仁吉の命を狙うのに躊躇いはなかった。

黒沢は、いつ何処で仁吉を襲うのか……。

久蔵は、黒沢左門の出方を読もうとした。

夕暮れが近付いた。

大門の仁吉は、二人の子分と中門前三丁目の店から三田台町の正久寺に向かった。

和馬、幸吉、雲海坊、由松、勇次は仁吉たちを取り囲むようにして追った。

黒沢左門は、いつ何処で仁吉に襲い掛かるか分からない……。

久蔵と弥平次は続いた。

古川に架かる将監橋を渡り、薩摩藩江戸上屋敷の前から横手に抜け、三田三丁目の辻を曲がれば三田の寺町だ。

仁吉と二人の子分は、黒沢左門が狙っているとも知らず、馬鹿話をしながら三田三丁目の辻を曲がった。

黒沢左門は何処で来るか……。

和馬、幸吉、雲海坊、由松、勇次は、周囲に気を配り、緊張した面持ちで尾行た。

仁吉と二人の子分は、何事もなく三田の寺町を進んだ。そして、正久寺の裏門に進んだ。

正久寺の裏門は開けられていたが、仕度をしに先に来ている利助たち三下はいなかった。だが、仁吉と二人の子分は、気にも留めずに裏門を入った。

何事もなく賭場に着いた……。

和馬、幸吉、雲海坊、由松、勇次は、緊張を解いた。

久蔵と弥平次がやって来た。

大門の仁吉は、二人の子分と家作に入った。
利助たち三下は、家作の中にもいなかった。
「利助、みんな、何処にいるんだ」
二人の子分は賭場に入り、仁吉は奥の座敷に向かった。
賭場には、利助たち三下が縛られていた。
二人の子分は驚いた。

仁吉は、板戸を開けて座敷に入った。
刹那、仁吉は背後から蹴飛ばされ、壁に激突して倒れた。
板戸が音を立てて閉められた。
仁吉は振り返った。
黒沢左門が、板戸の前にいた。
「な、何だ手前は……」
仁吉は、白髪頭の黒沢を侮《あなど》り、長脇差を抜こうとした。
黒沢は、遮るように抜き打ちの一刀を横薙ぎに放った。
仁吉の長脇差を握る腕が斬られ、血が壁に飛び散った。

長脇差が音を立てて転がった。

仁吉は、恐怖に衝き上げられた。

「大門の仁吉だな……」

「手前、ま、万蔵を……」

仁吉は、口入屋『丸屋』の万蔵が殺されたのを思い出し、恐怖に嗄れた声を引き攣らせた。

「次はお前だ……」

黒沢は冷たく笑った。

仁吉は、恐怖に激しく震えた。

黒沢は、冷笑を浮べたまま仁吉の心の臓に刀を突き刺した。

仁吉は、悲鳴をあげて仰《の》け反《ぞ》り、激しく痙攣《けいれん》した。

黒沢は、仁吉の心の臓に刀を押し込んだ。

仁吉は絶命した。

「貸元……」

二人の子分と利助たちが、匕首や長脇差を抜いて駆け込んで来た。

黒沢は、仁吉から引き抜いた血刀を振り翳《かざ》した。

仁吉の悲鳴は外にも響いた。

「柳橋の、外を頼む。和馬……」

久蔵は、和馬を従えて家作に走った。

「周りを固めろ」

弥平次は、幸吉、雲海坊、由松、勇次に命じた。


久蔵と和馬は、家作に踏み込んだ。

廊下に三下の一人が血塗《ちまみ》れで現れ、よろめきながら倒れ込んだ。

久蔵は、三下が現れた奥座敷に走った。

和馬は続いた。

奥座敷は血に塗れていた。

二人の子分と三下が斬り倒されており、黒沢が利助を抱きかかえるようにして壁際に座り込んでいた。

「黒沢……」

久蔵は、黒沢の許に近寄り、利助を退かせた。

利助は、首を斬られて死んでいた。そして、その手に握られた匕首は、黒沢の腹に深々と突き刺さっていた。

「黒沢……」

久蔵は呼び掛けた。

黒沢は、微かに眼を開けた。

「あ、秋山さん……」

黒沢は、苦しげに顔を歪《ゆが》めながら笑った。

「しっかりしろ……」

「に、仁吉を……」

黒沢は、死んでいる仁吉を示した。

「うむ……」

久蔵は頷いた。

「秋山さん、わ、私は博奕の揉め事で仁吉を殺した……」

黒沢は、嗄れた声を震わせて必死に告げた。

そこには、娘の菊乃を巻き込みたくないと云う必死な想いが籠められていた。

「分かっている……」

久蔵は頷いた。

「か、忝《かたじけ》ない……」

黒沢は、安堵と喜びの入り混じった笑みを浮べて絶命した。

「黒沢……」

島帰りの浪人・黒沢左門は死んだ。

久蔵は、黒沢の死体に手を合わせた。


大門の仁吉と子分たちは死んだ。

久蔵は、黒沢の願い通り、一件を博奕の揉め事での殺し合いとして始末した。

島帰りの黒沢左門は、口入屋の万蔵と博奕打ちの仁吉たちを殺した重罪人として死んでいった。


久蔵は、米問屋『恵比寿屋』を訪れた。

「俺は南町奉行所の吟味方与力の秋山久蔵って者だが、お内儀のお菊はいるかい……」

久蔵は、応対に出た番頭の彦兵衛に尋ねた。

「は、はい。あの、お内儀さんに何か……」

彦兵衛は、町奉行所の吟味方与力の不意の訪問に戸惑い、微かな怯えを滲ませた。

「うむ。俺はお菊の死んだ父親と昵懇《じっこん》だった間柄でな。昔の物を片付けていたらお菊の死んだ父親から預かっていた物が出て来た。それで、お菊に返しに参った」

久蔵は告げた。

「左様にございますか……」

彦兵衛は安堵を浮べ、久蔵を座敷に案内してお菊に報せた。

お菊は直ぐに座敷に現れ、久蔵に挨拶をした。

「それで秋山さま、父から預かっていた物とは何でございましょう」

お菊は、戸惑いと怯えを過ぎらせた。

「うむ。これをな……」

久蔵は、懐から袱紗《ふくさ》を出して開いた。

袱紗には、白髪髷が包まれていた。

「此は……」

お菊は眉をひそめた。

「うむ。万蔵と仁吉を始末して死んでいった島帰りの髷だ」

久蔵は、袱紗に乗せた白髪髷を差し出した。

「島帰り……」

お菊は言葉を失い、白髪髷を手に取って見詰めた。

「ああ……」

「その方が、万蔵と仁吉を……」

お菊は尋ねた。

「うむ。そして死んでいった……」

久蔵は頷いた。

「そうでしたか……」

お菊は、すべてを悟った。

父親の黒沢左門が助けてくれた事や、久蔵が何事も穏便に済ませてくれようとしている事を……。

お菊は、白髪髷を握り締めて涙を零した。

「それでお菊、良かったら供養してやってくれ……」

「は、はい。ありがとうございます……」

お菊は、白髪髷を握り締めて久蔵に深々と頭を下げた。

「じゃあ、宜しく頼んだぜ」

久蔵は微笑んだ。


久蔵は、お菊と番頭の彦兵衛に見送られて米問屋『恵比寿屋』を後にした。

お菊とは二度と逢う事もない。

それで良い……。

久蔵は、寒さに肩を竦《すく》め、行き交う人々の中に紛れていった。

空には雲が垂れ込め、木枯しが吹き抜けた。


お菊は、黒沢左門の白髪髷を祥雲寺にある松江の墓に葬った。

島帰りは死んだ……。

第三話

取立屋

一

霜月《しもつき》——十一月。

酉《とり》の日には鷲《おおとり》神社に酉の市が立ち、熊手を買う参詣人で賑わう。そして、霜月に三の酉迄ある年は火事が多いとされた。

寒さは募り、夜廻りの拍子木の音が凍て付いた夜空に甲高く響いた。

南町奉行所定町廻り同心の神崎和馬と下っ引の幸吉は、日本橋青物町《あおものちょう》の辻の夜《よ》鳴《なき》蕎麦屋で燗酒《かんざけ》を飲み、冷えた身体を暖めた。

「ああ、染み渡る……」

和馬は、五体に染み渡る熱い酒の心地良さに思わず眼を瞑《つむ》った。

「本当に暖まりますね」

幸吉は、美味そうに酒をすすった。

「うん……」

和馬と幸吉は、屋台の傍らに佇んで温かい酒を飲んだ。

「手前……」

不意に男の怒声が響いた。

「和馬の旦那……」

幸吉は酒を置いて、男の怒声のした楓川に駆け出した。

「うん」

和馬は、慌てて残り酒を飲み干して幸吉に続いた。


幸吉は、楓川の川端に出て辺りを見廻した。

揉み合う男と女の姿が、日本橋川の方の川端に見えた。

「何をしている」

幸吉は怒鳴り、猛然と走った。

和馬が現れ、幸吉に続いた。

揉み合っていた男は、幸吉を睨み付けた。その左頬に古い刀傷があり、派手な半纏を着ていた。

幸吉がそう見た時、男は女を突き飛ばして日本橋川に架かる江戸橋に向かって逃げた。

「待ちやがれ」

幸吉は、倒れている年増女を一瞥して男を追って駆け抜けた。

「おい。大丈夫か……」

続いて来た和馬は、倒れていた年増女を助け起こした。

「は、はい……」

年増女は起き上がった。

「怪我はないか……」

和馬は心配した。

「はい……」

幸吉が、駆け戻って来た。

「野郎、どうした」

「江戸橋の向こうに逃げられましたよ」

「そうか……」

「で、こっちは大丈夫でしたか……」

幸吉は年増女を心配した。

「うん。そのようだ……」

和馬は年増女を見た。

「お陰さまで助かりました。ありがとうございました」

年増女は、和馬と幸吉に頭を下げた。

「お前、名前は何て云うんだ」

和馬は尋ねた。

「は、はい。おしまと申します」

年増女は、躊躇いがちにおしまと名乗った。

「おしまか、家は何処だ」

「この先の小松町《こまつちよう》です」

「小松町か……」

小松町は、青物町の近くだ。

「で、逃げた野郎は何処の誰だ」

幸吉は尋ねた。

「さあ……」

おしまは首を捻った。

「知らない奴か……」

「はい。暗がりからいきなり現れて……」

おしまは、恐ろしそうに眉をひそめた。

「和馬の旦那……」

「うん。辻強盗かもしれないな」

和馬は睨んだ。

「ええ。処でおしまさん、お前さん、夜更けに何をしていたんだい」

幸吉は訊いた。

「はい。奉公先で遅くなりまして。家に帰る処です」

「そうか。とにかく無事で何よりだ。小松町迄送ろう」

「ありがとうございます」

「よし。行くぞ……」

和馬は、小松町に向かった。

おしまと幸吉が続いた。

楓川に櫓《ろ》の軋みが響いた。

和馬は、小松町に入った。

「お役人さま……」

おしまは、和馬に声を掛けて立ち止まった。

「うん……」

「ありがとうございました。此処でもう結構です……」

「家、此処から近いのか……」

「はい」

おしまは、暗い家並みを示した。

「そうか。じゃあ気を付けて行くが良い」

「はい。いろいろ御造作をお掛けしました」

おしまは、和馬と幸吉に深々と頭を下げて暗い家並みに足早に入って行った。

和馬と幸吉は見送った。

おしまは振り返り、和馬と幸吉に笑みを浮べて会釈をし、雨戸を閉めた小さな店の路地に消えた。

「さあて、俺たちも帰るか……」

和馬は、寒そうに身を震わし、鼻水をすすった。

「はい……」

幸吉は頷いた。

楓川には、近付いて来る舟の櫓の軋みが響いていた。

朝の冷え込みは日毎に厳しくなった。

柳橋の船宿『笹舟』は、大戸を開けて土間の大囲炉裏《おおいろり》に赤々と炭を熾《おこ》した。

神田佐久間町《さくまちょう》の木戸番が、息を切らして駆け込んで来た。

神田川に架かる和泉橋《いずみばし》の橋脚に土左衛門《どざえもん》が引っ掛かった。

木戸番は、弥平次に報せた。

弥平次は、神崎和馬の組屋敷に勇次を走らせ、幸吉を従えて和泉橋に急いだ。

神田川には荷船が行き交っていた。

引き上げられた土左衛門は、佐久間町の自身番の裏に寝かされていた。

弥平次と幸吉は、土左衛門に掛けられていた筵を捲《まく》った。

土左衛門は派手な半纏を着て、その左頬には古い刀傷があった。

「こいつ……」

幸吉は眉をひそめた。

「知っているのか……」

「ええ。三日前の夜、和馬の旦那と一緒に楓川の川端で、おしまと云う年増女が襲われたのに出会しましてね。その時、おしまを襲った野郎です」

「そうか。その辺の詳しい話は、後でゆっくり聞かせて貰うよ」

「はい……」

弥平次と幸吉は、土左衛門の着物を脱がして身体を検めた。

土左衛門の左の脇腹には、刃物を突き刺した傷痕があった。

「此処を一突きされて神田川に放り込まれたって処かな……」

弥平次は読んだ。

「ええ……」

幸吉は頷いた。

「で、仏の身許の分かる物、何かあるか……」

弥平次は、土左衛門の持ち物を調べている幸吉に訊いた。

「一分金と小銭の入った巾着《きんちゃく》と手拭。身許の分かる物は持っちゃあいませんね」

「そうか……」

土左衛門の身許は分からなかった。

「遅くなりました……」

雲海坊と由松が駆け付けて来た。

「やあ、来たか……」

弥平次は、駆け付けて来た雲海坊と由松に分かった事を教えた。

「じゃあ、何処で神田川に放り込まれたかですね」

「ああ。突き止めてくれ」

「承知しました」

放り込まれたのは、和泉橋から上流の何処かだ。

雲海坊と由松は、和泉橋から上流に聞き込みに向かった。

「さあて幸吉、三日前の詳しい話、聞かせて貰おうか……」

「はい……」

幸吉は頷き、三日前の夜の事を話し始めた。

「じゃあ、襲われたおしまにもう少し詳しく訊いてみるか……」

「はい……」

半刻が過ぎた。

和馬と勇次がやって来た。

弥平次は、土左衛門が刺されてから神田川に放り込まれた事を伝えた。

幸吉は、和馬に土左衛門の顔を見せ、三日前の夜におしまを襲った男だと告げた。

「あの時の野郎か……」

「はい。左頰の古い刀傷、間違いありません」

「そうか。で、何処の誰かは……」

「そいつが分からないんで……」

「分からない……」

和馬は眉をひそめた。

「ええ。で、おしまにもう少し詳しく訊いてみようかと……」

「小松町だったな」

「はい……」

「よし。親分、聞いての通りだ。俺と幸吉はおしまの処に行って来るぜ」

「承知しました」

弥平次は頷いた。

和馬と幸吉は、和泉橋を渡って日本橋の小松町に向かった。

神田川の流れは、冬の陽差しに煌めいた。

日本橋通りに連なる店は暖簾を掲げ、既に多くの人が行き交い始めていた。

和馬と幸吉は、楓川の川端から小松町に入り、おしまが入って行った路地を探した。

辺りには様々な店が軒を連ねていた。

「和馬の旦那、あの路地じゃありませんかね」

幸吉は、古道具屋の脇の路地を指差した。

「うん。間違いない。行ってみよう」

和馬と幸吉は、古道具屋の脇の路地に入った。

路地は長く、奥には小さな家が並び、井戸端で二人のおかみさんが洗濯をしていた。

「やあ。ちょいと訊きたい事があるんだが」

和馬は、二人のおかみさんに声を掛けた。

「はい……」

二人のおかみさんは、巻羽織の町方同心に戸惑いながら洗濯の手を止めた。

「この辺におしまって女が住んでいる筈なんだが、家が何処か、知っているかな」

「おしまさんですか……」

二人のおかみさんは、戸惑った面持ちで顔を見合わせた。

「うん。何処だ……」

和馬は、小さな家の一軒におしまが住んでいると睨んでいた。

「旦那、おしまさんなんて、この路地には住んじゃあいませんよ」

おかみさんの一人が、申し訳なさそうに和馬に告げた。

「いない……」

和馬は驚き、思わず素っ頓狂な声をあげた。

「二十七、八の年増ですぜ」

幸吉は訊いた。

「年増のおしまさんねえ……」

二人のおかみさんは、顔を見合わせて困惑した。

「ええ……」

幸吉は頷いた。

「やっぱりいないよねえ。おしまさんなんて人……」

「うん。いないよねえ……」

二人のおかみさんは、頷き合った。

「和馬の旦那……」

幸吉は、事の真相に気付いて苦笑した。

「ああ。どうなってんだ……」

和馬は眉をひそめた。

「どうやら、おしまに誑かされたようですぜ」

「誑かされた……」

「おしま、此処に住んじゃあいないのに、住んでいる振りをしたんですよ」

「住んでいる振りだと……」

和馬は困惑した。

「ええ……」

「どうして……」

「きっと、詳しい素性を知られたくないからですよ」

幸吉は睨んだ。

「くそっ。嘗《な》めた真似をしやがって……」

和馬は、腹立たしげに吐き棄てた。

南町奉行所の用部屋の障子は、冬の風に鳴っていた。

「まんまと騙《だま》されたか……」

秋山久蔵は苦笑した。

「はい……」

和馬は、悔しさを露わにした。

「年増のおしまか……」

「はい。幸吉が引き続き、小松町の路地の界隈を捜しています」

「そうか……」

久蔵は眉をひそめた。

「秋山さま、何か……」

「うむ。そうなると、おしまって名も本当かどうか分かりゃあしねえな」

久蔵は、厳しさを過ぎらせた。

「えっ……」

「住んでいる家を誤魔化そうって女が、本名を名乗るとは思えねえ」

「そりゃあそうですね……」

和馬は吐息を洩らした。

「和馬、おしまが襲われたのは、男の怒鳴り声で気が付いたんだな」

「はい。左頰に古傷のある野郎の怒鳴り声だと思います」

「女の悲鳴はなかったのか……」

「そう云えば、聞こえませんでしたが……」

和馬は戸惑った。

「和馬、そうなるとおしまが襲われたってのも眉唾《まゆつば》かもしれねえな」

久蔵は睨んだ。

「眉唾ですか……」

「ああ。女が襲われれば、悲鳴をあげるのが普通だ。だが、そいつが聞こえなかったってのは、どうしてかな……」

「ですが、幸吉と私が行った時には、野郎、おしまを突き飛ばして逃げたんですよ」

「そいつは、町奉行所の同心と拘わり合いになるのを嫌ったからだろう」

久蔵は読んだ。

「そうか……」

和馬は頷いた。

「和馬、おしまと殺された左頬に古傷のある野郎、おそらく同じ穴の狢《むじな》だぜ」

「同じ穴の狢ですか……」

「ああ。この一件、思わぬものが秘められているかもしれねえぜ」

久蔵は冷笑を浮べた。


神田明神は参拝客で賑わっていた。

雲海坊、由松は、神田川沿いに聞き込みを掛けながら神田明神に来た。そして、門前の盛り場で聞き込みを始めた。

神田明神門前の盛り場は、漸く眠りから覚め始めていた。

雲海坊と由松は、左頬に古い刀傷のある男の足取りを探した。

「左頬に古い刀傷のある野郎ですかい……」

居酒屋の表の掃除をしていた若い衆は、箒を持つ手を止めて眉をひそめた。

「ああ。見掛けた事はないかな……」

由松は尋ねた。

「見ましたよ。昨夜……」

若い衆は、事も無げに答えた。

「何処でだい……」

雲海坊と由松は、漸く左頬に古い刀傷のある男の足取りを見付けた。

「うちの店でですよ」

「昨夜、来ていたのか……」

「ええ……」

若い衆は頷いた。

「一人か……」

「いいえ。仲間と一緒でしたぜ」

「仲間……」

由松は眉をひそめた。

「ええ。浪人や博奕打ち、陸な奴らじゃありませんよ」

若い衆は苦笑した。

「で、左頬に刀傷のある男、何刻迄、此処にいたんだい」

「亥《い》の刻四つ（午後十時）ぐらい迄ですかね、みんなで帰りましたよ」

「亥の刻四つか。で、奴の名前、分かるかな」

「さあ……」

若い衆は首を捻った。

「分からないか……」

「ええ。一緒に酒を飲んでいた博奕打ちなら分かりますがね」

「よし、そいつを教えて貰おうか……」

雲海坊は、嬉しげな笑みを浮べた。

二

湯島天神男坂下の小さな煙草屋に繁盛している様子はなかった。

雲海坊と由松は路地に入り、小さな煙草屋の裏手に廻った。

裏手には小さな家作があった。

博奕打ちの清六《せいろく》は、煙草屋の家作を借りて暮らしていた。

「此処ですぜ」

由松は、家作の板戸を叩いた。

「おう。誰だ……」

家作から男の声がした。

「いますぜ……」

由松は、雲海坊に囁いた。

「ああ……」

雲海坊は頷いた。

板戸が開き、男が顔を出した。

「誰だい……」

「清六さんだね」

由松は念を押した。

清六は、慌てて板戸を閉めようとした。

刹那、雲海坊が戸口に錫杖《しゃくじょう》を突っ込んだ。

板戸は閉まらなかった。

雲海坊は、清六に笑い掛けた。

「ああ……」

「な、何だ手前ら……」

清六は、微かな怯えを滲ませながら凄んだ。

「お前さん、左頰に古い刀傷のある男と連んでいるそうだね」

由松は訊いた。

「甚八《じんぱち》の事か……」

「甚八って名前なのか、左頰に古い刀傷のある男……」

左頰に古い刀傷のある男の名が漸く知れた。

「ああ。甚八、どうかしたのかい」

清六は、由松と雲海坊に怪訝な眼を向けた。

「今朝、神田川から土左衛門であがったぜ」

雲海坊は告げた。

「土左衛門……」

清六は驚いた。

「ああ。昨夜、一緒に酒を飲んでいたそうだが、いつ何処で別れたんだい」

「亥の刻に居酒屋を出て別れたぜ」

「甚八、どうした」

「さあ、家に帰るとか云って昌平橋に向かって行ったぜ」

「甚八、何処に住んでいるんだい」

「三河町の一丁目だぜ」

「三河町一丁目か……」

「兄貴、神田川に落とされたのは昌平橋かもしれませんね」

神田明神門前から三河町に帰るには、神田川に架かる昌平橋を渡って行くのが道筋だ。

由松は睨んだ。

「甚八、殺されたのか……」

清六は、怯えを滲ませた。

「ああ。心当たりあるかな」

「そんなもの、あるわけねえ……」

清六は、微かに狼狽えた。

「じゃあ、甚八が恨まれているような事はなかったかな……」

「知らねえよ。そんな事……」

清六は、雲海坊と由松から眼を逸らした。

雲海坊は苦笑した。

雲海坊と由松は、家作のある裏庭を出て路地に戻った。

「清六の野郎、甚八が殺されたのに心当たりありそうですね」

由松は、嘲《あざけ》りを浮べて家作を振り返った。

清六は既に家作に戻り、板戸を閉めていた。

「ああ。清六、おそらく動くぜ」

「追いますか……」

「ああ……」

雲海坊と由松は、路地を出て見張りに付いた。

和馬と幸吉は、小松町から範囲を広げておしまを捜し続けた。だが、おしまを見付ける事は出来なかった。

和馬と幸吉は、おしまを捜すのを止めて船宿『笹舟』に戻った。

雲海坊の結び文が、柳橋の船宿『笹舟』の弥平次の許に届けられた。

結び文には、土左衛門の名は甚八、三河町一丁目の住人と書き記されていた。

「土左衛門の身許、漸く分かったか……」

和馬は吐息を洩らした。

「はい……」

弥平次は頷いた。

「よし。じゃあ幸吉、三河町に行くぜ」

「はい」

和馬と幸吉は、三河町一丁目の甚八の家に向かった。


清六は動いた。

煙草屋の家作を出た清六は、辺りを鋭く窺って湯島天神裏門坂道に向かった。

雲海坊と由松は清六を追った。

「何処に行くんですかね」

「おそらく仲間の処だろう……」

雲海坊は読んだ。

清六は、下谷広小路の賑わいを横切り、忍川《しのぶがわ》を越えて下谷町一丁目に入った。

雲海坊と由松は追った。

下谷町一丁目の裏通りには、冷たい風が吹き抜けていた。

清六は、裏長屋の木戸を潜って奥の家に向かった。

雲海坊と由松は、木戸から見守った。

清六は、奥の家の腰高障子を叩いた。

家から返事はなかった。

「いねえのか、伸吉《しんきち》……」

清六は、腰高障子を開けて家の中を覗いた。


薄暗い狭い家には万年蒲団が敷かれ、男が横たわっていた。

「おい、伸吉、起きろ。大変だぜ」

清六は、薄暗く狭い家にあがり、横たわっている伸吉を揺り動かした。

伸吉は、眼を見開いて死んでいた。

清六は驚き、思わず声をあげて尻餅をついた。


清六の驚きの声は、木戸の傍にいた雲海坊と由松にも聞こえた。

「由松……」

雲海坊は奥の家に走った。

由松は続いた。


雲海坊と由松は、奥の家に駆け込んだ。

清六が、死んでいる男の前で腰を抜かしていた。

雲海坊と由松は、死んでいる男の様子を見た。

男は、心の臓を刃物で一突きにされて殺されていた。

「こいつは誰だ」

雲海坊は、清六に尋ねた。

「し、伸吉……」

清六は、喉を引き攣らせて声を嗄らした。

「伸吉……」

雲海坊は眉をひそめた。

「清六、伸吉は何をしている奴だ……」

由松は、死んでいる伸吉を示した。

「あ、遊び人だ……」

清六は頷いた。

「遊び人、よし……」

由松は、清六に捕り縄を打った。

「な、何をしやがる。俺が来た時には殺されていたんだ。俺が殺したんじゃあねえ」

清六は、恐怖に震えた。

「安心しろ。お前が殺ったんじゃあねえのは百も承知だ」

由松は笑った。

「じゃあ、どうして……」

「いろいろ訊きたい事があるからな。ま、大人しくしていな」

由松は、清六が姿を隠すのを恐れ、先手を打ったのだ。

雲海坊は、駆け付けて来た下谷町の木戸番を弥平次の許に走らせた。

弥平次は、雲海坊からの報せを聞き、勇次を久蔵の許に走らせて下谷町一丁目の長屋に急いだ。

雲海坊は、伸吉を殺した者の手掛かりを探した。だが、狭い家の中には伸吉の僅かな家財道具があるだけで、殺した者に繫がるような手掛かりはなかった。

由松は、長屋のおかみさんたちに伸吉を訪れた者がいなかったか尋ねた。

「さあ、気が付かなかったねえ……」

中年のおかみさんは、恐ろしそうに眉をひそめた。

伸吉を殺したと思われる者を見掛けたおかみさんはいない。

「そうか……」

由松は落胆した。

「大体、伸吉とは付き合いがないからねえ」

中年のおかみさんは、肥ったおかみさんに同意を求めた。

「ああ。挨拶も満足にしない奴でさ。逢うと嫌らしい眼で私のお尻を見るんだよ」

肥ったおかみさんはそう云い、中年のおかみさんと声を揃えて賑やかに笑った。

そこには、殺された伸吉に対する悔やみや哀れみは一切なかった。

嫌われ者……。

由松は、仲吉が長屋のおかみさんたちに嫌われているのを知った。

「おう。御苦労だな……」

弥平次がやって来た。

「こりゃあ親分……」

由松は、弥平次を仲吉の家に誘った。


弥平次は、仲吉の死体と縛られている清六を見て眉をひそめた。

「何だ、こいつは……」

清六は怯えた。

「清六って云いましてね。土左衛門であがった甚八と連んでいて、此処に案内してくれたんですが、勝手な真似をしないように大人しくして貰っているんですよ」

雲海坊は笑った。

「そうか。そいつは御苦労だな」

弥平次は笑い掛けた。

「へ、へい……」

清六は、釣られたように会釈をした。

弥平次は、伸吉の死体を検めた。

「心の臓を一突きか……」

「ええ……」

「で、殺った奴の手掛かり、何かあったかい」

「そいつが皆目……」

雲海坊は眉をひそめた。

「ないか……」

「はい」

「じゃあ、見掛けた者は……」

「今の処、おりません」

由松は、悔しげに告げた。

「殺ったのは、かなり慎重な奴だな……」

弥平次は睨んだ。

「ええ……」

雲海坊と由松は頷いた。

「やあ、柳橋の、みんな……」

着流し姿の久蔵が、勇次を従えて入って来た。

「こりゃあ秋山さま……」

「又、一突きか……」

「はい。心の臓を……」

弥平次は頷いた。

久蔵は、伸吉の死体の傷を検めた。

「甚八を殺したのと同じ奴の仕業かもな……」

久蔵は睨んだ。

「じゃあ、続けての殺し……」

弥平次は、厳しさを滲ませた。

「ああ。おそらく甚八と伸吉、一緒に何かをして恨まれた挙げ句の事だろう」

久蔵は読んだ。

「清六、お前、甚八と伸吉が何をしたか、知っているな」

雲海坊は、縛りあげた清六を睨み付けた。

「そ、そんな……」

清六は狼狽えた。

「何者だ……」

久蔵は、清六を見据えた。

「甚八や伸吉と連んでいる清六って博奕打ちですぜ」

「ほう、博奕打ちの清六か、俺は南町奉行所の秋山久蔵って者だぜ……」

久蔵は冷笑を浮べた。

「か、剃刀……」

清六は、久蔵の名を知っていたらしく恐怖に震えた。

「殺された甚八と伸吉、何をして恨まれたのか教えて貰おうか……」

「そ、それは……」

清六は言い淀《よど》んだ。

刹那、久蔵は清六の頬を張り飛ばした。

清六は、縛られたまま弾き飛ばされた。

「清六、一人前の口を叩きてえなら、大番屋でじっくり聞いてやるぜ」

久蔵は、笑みを浮べて清六を乱暴に引き摺り起こした。

「如何様《いかさま》です……」

清六は、恐怖に嗄れた声を激しく震わせた。

「如何様……」

「へい。甚八と伸吉、一ト月前に小間物屋の旦那を如何様博奕に引き摺り込んで身代を巻き上げ、店を潰したんです。そうしたら小間物屋の旦那、首を括って……」

久蔵は、再び清六を張り飛ばした。

清六は悲鳴をあげた。

「清六、如何様博奕を仕掛けたのは、甚八と伸吉の他に誰がいるんだ」

「浪人の松崎庄兵衛《まつざきしょうべえ》と原田浩三郎《はらだこうざぶろう》……」

「それに清六、お前だな……」

久蔵は、嘲りを浮べて清六を見据えた。

清六は項垂れた。

「清六、浪人の松崎庄兵衛と原田浩三郎は何処にいる」

「千駄木《せんだぎ》は団子坂の空き家にいます……」

「清六、その場凌《しの》ぎの嘘偽りだったら、お上を誑かした罪で打ち首にするぜ」

久蔵は、冷たく見据えた。

「本当です。団子坂の百姓家の空き家に居着いています」

清六は必死に告げた。

「秋山さま……」

弥平次は頷いた。

「ああ。どうやら嘘はねえようだ」

久蔵は笑った。

「で、清六、お前たちの如何様博奕に嵌められて旦那が首を括った小間物屋、何処の何て店だ」

弥平次は尋ねた。

「元浜町《もとはまちょう》の桜香堂《おうかどう》です……」

清六は告げた。

「秋山さま……」

「よし。俺は雲海坊と由松の三人で団子坂に行く。柳橋は、仏の始末をして清六を大番屋に叩き込んでくれ」

「分かりました。それから元浜町に行きます」

「ああ。じゃあな……」

久蔵は、雲海坊や由松と千駄木団子坂に向かった。

千駄木団子坂は、不忍池と東叡山寛永寺の北にある。

久蔵は、雲海坊と由松を従えて千駄木坂下町《さかしたちょう》に入った。

冬枯れの田畑では、吹き抜ける風が土埃を巻き上げていた。

由松は、通り掛かった百姓に二人の浪人が居着いた百姓家が何処か尋ねた。

百姓は、千駄木坂下町の脇を流れる小川の北を指差した。

土埃の舞う田畑の奥に百姓家が見えた。

由松は、百姓に礼を云って久蔵と雲海坊の許に戻った。

「あそこに見える百姓家か……」

久蔵は眼を細め、土埃の奥に見える百姓家を眺めた。

「そうらしいですが、先ずはあっしが様子を窺って来ます」

「それには及ばねえと云いたいが、此処から三人雁首《がんくび》並べて行けば、向こうからは丸見えだ。雲海坊はこのまま正面から行って気を惹《ひ》いてくれ、俺と由松は迂回して裏に廻る」

久蔵は、浪人たちに気付かれて逃げられるのを恐れた。

「承知……」

雲海坊は、笑みを浮べて頷いた。

「じゃあ、頃合いを見計らってな……」

「はい……」

「行くぞ、由松……」

「合点です」

久蔵と由松は、冬枯れの田畑を迂回して百姓家に向かった。

雲海坊は、古い饅頭笠をあげて久蔵と由松を見た。

久蔵と由松は、畦道《あぜみち》を百姓家に進んでいた。

雲海坊は、経を読みながら小川沿いの畦道を百姓家に向かった。

百姓家の軒は傾き、屋根が崩れ掛けていた。

久蔵と由松は、百姓家の裏手に廻り込んだ。

雲海坊は、経を読みながら百姓家の正面にやって来た。

久蔵と由松は、百姓家の中を窺った。

人の気配は感じられなかった。

「秋山さま……」

由松は眉をひそめた。

「ああ……」

久蔵は、百姓家の裏口の板戸を開けた。

板戸は音を鳴らした。

久蔵と由松は身構えた。

二人の浪人がいれば、出て来る筈だ。

久蔵と由松は、浪人の出て来るのを身構えて待った。しかし、浪人が出て来る気配はなかった。

「どうやら、いねえようだ」

久蔵は、裏口から百姓家の土間に踏み込んだ。

薄暗い土間には、黴《かび》と酒の臭いが入り混じっていた。

久蔵と由松は、座敷や居間を調べた。

浪人の松崎庄兵衛と原田浩三郎は、百姓家の何処にもいなかった。

「雲海坊に報せろ」

久蔵は、由松に命じて囲炉裏の様子を見た。

囲炉裏には、盛られた灰の下に僅かな火種が残っていた。

「引き払ったんですかね」

雲海坊と由松が表からやって来た。

「いや。出掛けているようだ」

久蔵は、囲炉裏に残された火種からそう読んだ。

「じゃあ、ちょいと見張ってみますか……」

「そうしてくれるか……」

「承知……」

久蔵は、雲海坊と由松を見張りに残し、百姓家を出た。

久蔵は、小川沿いの畦道から通りに出て谷中天王寺《やなかてんのうじ》に向かった。天王寺の手前の道を南に曲がり、寛永寺の横手から不忍池に抜ける。

久蔵は、夕暮れの寺町を進んだ。

誰かが尾行てくる……。

久蔵は、己を尾行てくる人の気配を感じた。

誰だ……。

久蔵は、足取りを変えずに背後を窺った。

女……。

久蔵は、己の背後から来る者が女だと気付いた。

三

不忍池は夕陽を浴びていた。

久蔵は、不忍池の畔を進んだ。

女は、一定の距離を保って背後を来た。

尾行て来るのか、偶々行き先の道筋が一緒なのか……。

もし、尾行て来ているのなら、何処からなのか……。

それは、千駄木の百姓家を出た時からかもしれない。

もし、そうだとしたなら、女は百姓家に居着いた二人の浪人と何らかの拘わりがあるのか……。

不忍池は煌めき、久蔵は畔を進んだ。

女は、追うようにやって来る。

捕えて問い質す……。

久蔵はそう決め、立ち止まって振り返った。

「お侍さま……」

女は、足を速めて久蔵に近寄った。

久蔵は、逃げもせずに近寄って来る女に微かな戸惑いを覚えた。
二十七、八歳の女は、久蔵に会釈をして微笑んだ。
微笑んだ女は、和馬と幸吉を誑かしたおしまだった。

「俺に何か用か……」

「私は取立屋のおきちと申します」

女は、取立屋のおきちと名乗った。

「取立屋のおきち……」

「はい。小料理屋や居酒屋に頼まれ、付けの取立てをしています」

「ほう、女の取立屋とは珍しいな……」

「はい……」

「で、何用だ……」

「お侍さまは、千駄木の空き家に棲み着いている松崎さんや原田さんと、どんな拘わりがあるんですか……」

　おきちは、久蔵を見詰めた。

「別に大した拘わりなどないが、近頃の奴らの所業、眼に余るのでな。ちょいと懲らしめて上前を撥ねてやろうと思っただけだ」

　久蔵は苦笑した。

「そうでしたか。私も取立てに行ったのですが、留守だったものでして、帰るのを待とうかと思っていたら、旦那たちがお見えになりましてね……」

　おきちは、久蔵たちが行く前に百姓家を訪れていた。そして、何処かから久蔵たちの動きを見ていたのだ。

「うむ。不意を襲うつもりだったのだが、ま、それで見張りを残して来た」

「はい。如何ですか旦那、宜しければ私の仕事を手伝っちゃあ戴けませんか……」

「ほう。取立屋の手伝いか……」

「ええ。借金を踏み倒そうとする奴には、剣呑《けんのん》な者もいましてね。松崎と原田もどう出るか分かりませんので。如何でしょうか……」

　おきちは、久蔵を窺った。

「面白そうだな……」

久蔵は笑った。

「じゃあ……」

「ああ。取立屋、手伝うぜ」

「旦那、お名前は……」

「御家人の秋山久蔵だ……」

「秋山さまですか……」

おきちは、僅かに眉をひそめた。

「ああ。どうかしたか……」

久蔵は尋ねた。

「いえ。旦那、宜しければその辺で、お近付きの印に一杯やりませんか……」

おきちは、取り繕うように下谷広小路周辺に瞬き始めた明かりを示した。

「いいだろう……」

久蔵は苦笑した。

浜町堀には店の明かりが映え、流れに揺れていた。

元浜町の片隅にある小間物屋『桜香堂』は、旦那の富次郎《とみじろう》が首を括って潰れ、女房子供は一家離散をしていた。

弥平次と勇次は、大戸を釘付けにした暗い小間物屋『桜香堂』を眺めた。

「結構、繁盛していた店だったのに、殺された甚八に伸吉、それに清六たちに何もかもしゃぶりつくされたんですね」

勇次は、怒りを滲ませた。

小間物屋『桜香堂』富次郎は、博奕で作った借金を返す為、高利貸から金を借り続けて身代を失い、首を括って死んだ。そうなったのは、清六たちの如何様博奕の所為《せい》なのだ。

「ああ。悪辣《あくらつ》で質の悪い奴らだ。気の毒なのは女房子供だぜ」

小間物屋『桜香堂』の女房のおそめは、幼い二人の子供を実家に預けて深川の女郎屋に身売りした。

「ええ。じゃあ、甚八と伸吉を殺ったのは、桜香堂に拘わりのある者ですかね」

勇次は読んだ。

「きっとな。よし、勇次、この事を和馬の旦那と幸吉に報せてくれ」

「承知しました」

勇次は、和馬と幸吉がいる筈の三河町に急いだ。

弥平次は、小間物屋『桜香堂』の富次郎おそめ夫婦の周囲に、その恨みを晴らそうとする者を捜す事にした。

浜町堀を行く猪牙舟《ちょきぶね》の櫓の軋みが、凍て付く夜空に甲高く鳴り響いた。

小料理屋には、馴染客の穏やかな笑い声が満ちていた。

久蔵とおきちは、小座敷にあがって酒を酌み交わしていた。

「処で、女だてらに何故、取立屋になったんだい」

「死んだお父っつぁんとおっ母さんが、借金の取立屋に苦しめられたからですよ」

おきちは、苦笑しながら久蔵の猪口に酒を満たした。

「両親を苦しめた取立屋なら、普通はならないんじゃあねえかな……」

久蔵は徳利を取り、おきちに酌をした。

「畏れいります……」

おきちは微笑んだ。

微笑みには冷たさが滲んでいた。

「旦那、私は取立屋を憎みましたよ。でも、それ以上に借金を作った両親を恨みましたよ。お陰で私は女郎屋に年季奉公に出されて……」

おきちは、猪口の酒を飲んだ。

「女郎屋に年季奉公か……」

「ええ。八つの時からね。それからいろんな想いをして……。その時、子供心に決めたんですよ。取立てられるより、取立てる方になってやるってね……」

おきちは、辛い昔を忘れるように猪口の酒を飲み干した。

「それで取立屋か……」

久蔵は、おきちに微かな哀れみを覚えた。

「良いんですよ、旦那。同情なんかしなくたって……」

おきちは明るく笑った。

「おきち……」

「旦那、ちょいと御免なさい。女将さん……」

おきちは、小座敷を出て女将さんの処に行き、何事かを囁いた。

女将は微笑み、おきちを小料理屋の裏に誘って行った。

厠《かわや》……。

久蔵は、苦笑しながら酒を飲んだ。

逢ったばかりのおきちが、本当の事を話しているのかどうかは分からない。いずれにしろ、こっちを利用しようと云う企みがある筈だ。だが、浪人の松崎と原田をお縄にし、一連の殺しの真相に辿《たど》り着く役に立つなら、おきちの企みに乗ってみるのも面白い。

久蔵は想いを巡らせた。

僅かな刻が過ぎ、女将が裏から戻って久蔵の許にやって来た。

「帰ったかい……」

久蔵は、おきちの動きを読んでいた。

「えっ、はい……」

女将は、戸惑いながら頷いた。

「じゃあ、言付けがある筈だが……」

「はい。明日、未《ひつじ》の刻八つ（午後二時）に根津《ねづ》権現《ごんげん》の境内でお待ちしていますと……」

女将は、久蔵に告げた。

「未の刻八つ、根津権現か……」

「左様にございます」

「分かった。御苦労だったな……」

久蔵は笑った。


和馬と弥平次は、甚八と伸吉を殺した者が小間物屋『桜香堂』に拘わりがあると睨んだ。

「首を括った旦那の富次郎と女郎屋に身売りした女房のおそめに拘わりある者か……」

和馬は眉をひそめた。

「ええ。ですが、旦那の富次郎さんの両親は既に亡くなり、おそめさんの実家の両親は歳だし、子供を預かっていますよ」

弥平次は教えた。

「じゃあ、二人の兄弟は……」

「そいつなんですが、夫婦揃って一人っ子でしてね。兄弟はいないんですよ」

「って事は、富次郎おそめ夫婦に拘わる者に甚八と伸吉を殺すような奴はいないのか……」

和馬は、吐息を洩らした。

「今の処は浮かんじゃあいません。ま、女郎屋に身売りしたおそめさんに当たってみるしかありませんね……」

弥平次は眉をひそめた。

「うん……」

和馬は頷いた。

深川永代寺《えいたいじ》門前の岡場所は、昼間から客で賑わっていた。

和馬は、幸吉と女郎屋『松葉屋《まつばや》』を訪れた。

小間物屋『桜香堂』のお内儀おそめは、女郎屋『松葉屋』に身売りしていた。

和馬と幸吉は、女郎屋『松葉屋』の男衆に聞き込みを掛けた。

おそめは、目立たない女郎であり、格別に親しい馴染客も少なかった。

「じゃあ、おそめが親しくしている奴はいねえか……」

和馬は、男衆に念を押した。

「ええ。あっしの知る限りじゃあ取立屋のおきちぐらいですか……」

「取立屋のおきち……」

和馬は眉をひそめた。

「ええ。付けの取立屋でしてね。女の癖に中々厳しい取立てをするんですよ」

男衆は笑った。

「おそめ、その女取立屋と親しいのかい」

幸吉は尋ねた。

「ええ。他に親しくしている奴、いるのかもしれませんが、良くわかりませんねえ」

男衆は、申し訳なさそうに首を捻った。

「そうか、造作を掛けたな。又頼むぜ……」

和馬は、男衆を労った。

「そいつはもう。じゃあ……」

男衆は、女郎屋『松葉屋』に戻って行った。

「旦那……」

「幸吉、親しくなくても、金で殺しを引き受ける客もいる筈だぜ」

和馬は、厳しい面持ちで読んだ。

「ええ。じゃあ、おそめの馴染客ってのを調べてみますか……」

和馬は頷いた。

「うん……」

空き家の百姓家は、風に舞い上がる土煙の向こうに見えた。

雲海坊と由松は、近くの百姓家の納屋を借りて空き家を見張っていた。

「おう。御苦労だな……」

久蔵は、塗笠を取りながら納屋に入って来た。

「こいつは秋山さま……」

雲海坊と由松は久蔵を迎えた。

「どうだい……」

久蔵は、窓の外に見える空き家を示した。

「昨夜遅く、一人帰ってきました……」

雲海坊は告げた。

「一人か……」

「はい。松崎庄兵衛か原田浩三郎かは分かりませんが……」

「うむ……」

「それで残る一人が戻って来るのを待っているのですが、未だ……」

雲海坊は眉をひそめた。

「戻って来ねえか……」

「はい……」

「秋山さま、雲海坊の兄貴……」

窓から空き家を見張っていた由松が、久蔵と雲海坊を呼んだ。

久蔵と雲海坊は、由松のいる窓辺に寄って空き家を見た。

おきちが、冬枯れの田畑を迂回して空き家に向かっていた。

「何だ、あの女……」

雲海坊は眉をひそめた。

「取立屋のおきちだ……」

久蔵は苦笑した。

「取立屋のおきち……」

由松は戸惑った。

「御存知なのですか、秋山さま……」

「ああ。昨日、此処からの帰りにな……」

久蔵は、おきちとの出逢い、酒を飲みながら話をした事を教えた。

「へえ、女の付けの取立屋ですか……」

「じゃあ、何処かの飲み屋に頼まれて、松崎と原田の付けの取立てに来たのですか……」

由松は読んだ。

「ああ。で、今日の未の刻八つに根津権現で逢う事になっているのだが……」

おきちは、空き家の様子を探った。そして、中の様子を見極めたのか、来た道を小走りに戻った。

「さあて、浪人が一人しかいないと知り、どうするかな……」

「きっと、秋山さまを用心棒にして付けを取立てるんですぜ」

雲海坊は笑った。

「ま、そんな処だな」

久蔵は苦笑した。

寺の鐘が未の刻八つを報せた。

根津権現の境内に参拝客は疎《まば》らだった。

久蔵は、境内におきちを捜した。

おきちは、境内の隅にある茶店で茶を飲んでいた。

久蔵は、おきちの許に向かった。

おきちは、久蔵に気付いて笑みを浮べて迎えた。

「昨夜はどうも……」

「ふん。馳走になったな」

久蔵は苦笑した。

「いいえ……」

「で、行くのかい、付けの取立てに……」

「そりゃあもう。じゃあ……」

おきちは、茶店の老婆に茶代を払い、根津権現の裏門に向かった。

久蔵は続いた。

おきちと久蔵は、冬枯れの田畑を迂回して空き家に近寄った。

空き家は、静けさに覆われていた。

「じゃあ旦那……」

「うむ……」

久蔵は頷いた。

おきちは、表の板戸を叩いた。

「松崎さん、取立屋のおきちです。お邪魔しますよ」

おきちは、板戸を開けて空き家の土間に踏み込もうとした。

久蔵は制した。

「旦那……」

おきちは、久蔵を怪訝に見上げた。

久蔵は、空き家の土間に踏み込んだ。

燃え上がる薪《まき》が、火の粉を散らして久蔵に飛来した。

久蔵は、咄嗟に躱した。

燃え上がる薪は、壁に当たって火を飛び散らせて土間に落ちた。

無精髭の浪人が、居間の囲炉裏端に片膝立てでいた。

「危ねえ真似をしやがる……」

久蔵は苦笑した。

「何だ、手前は……」

無精髭の浪人は吼《ほ》えた。

「松崎さん、付けを払って貰いに来ましたよ」

おきちが、土間に入って来て土間で燻《くすぶ》る薪を拾い上げた。

「女、手前、何処の店の借金取りだ」

松崎と呼ばれた無精髭の浪人は、おきちを睨み付けた。

「浜町堀の店ですよ」

おきちは、怒りを滲ませた。

「浜町堀だと……」

松崎は戸惑った。

「煩《うるさ》い。四の五の云わず、さっさと借りを返すんだね」

おきちは怒鳴り、拾い上げた燻る薪を囲炉裏に投げ込んだ。

囲炉裏に掛けられた鉄瓶から湯が零れ、灰神楽《はいかぐら》と火の粉が巻き上がった。

「女……」

松崎は激怒し、刀を抜いておきちに猛然と斬り付けた。

久蔵は、咄嗟におきちを庇って抜き打ちの一刀を放った。

松崎の刀は弾き飛ばされた。

「松崎、借りがあるならさっさと返すんだな」

久蔵は、嘲りを浮べた。

「お、おのれ……」

松崎は、久蔵に激しく斬り付けた。

久蔵は応戦した。

空き家の傾いた軒が揺れ、崩れ掛けた屋根が軋んだ。

久蔵と松崎は斬り結んだ。

刹那、おきちは松崎の背に体当たりをした。

松崎は、眼を瞠《みは》って凍て付いた。

「おきち……」

久蔵は眉をひそめた。

おきちは、松崎の背後に跳び退いた。

その手には、血塗れの匕首が握られていた。

「お、おのれ……」

松崎は、苦しげに顔を歪めて崩れ落ちた。

「松崎……」

久蔵は、崩れ落ちた松崎に眉をひそめた。

おきちは笑った。笑いながら後退《あとずさ》りをし、身を翻して裏口に走った。

「おきち……」

久蔵は、おきちの動きを読んだ。

おきちは、裏口から逃げ去った。

「秋山さま……」

由松と雲海坊が、表から駆け込んで来た。

「おきちを追ってくれ」

久蔵は裏口を示した。

「承知……」

由松は追った。

「松崎……」

久蔵は、松崎を揺り動かした。

松崎は苦しく呻き、微かに眼を開けた。

「松崎、原田は何処だ。原田浩三郎は何処にいるんだ」

久蔵は尋ねた。

「切通町《きりどおしちょう》、切通町の女の店だ」

「店と女の名は……」

「梅家《うめや》のおよう……」

松崎は、嗄れた声を震わせて絶命した。

久蔵は、事件の真相を知った。

四

甚八と伸吉に続き、浪人の松崎庄兵衛が殺された。

「それも、俺の眼の前でだ。面目ねえ……」

久蔵は己を恥じた。

「じゃあ何ですかい、甚八と伸吉を殺したのもおきちと云う女取立屋だと仰るんですか」

弥平次は眉をひそめた。

「ああ。殺ったのは野郎だと思っていたのが間違いだったぜ」

「甚八と伸吉を殺し、流石に浪人の松崎庄兵衛を殺る時には、秋山さまに手伝わせたって訳ですか……」

「ああ。見事に片棒を担がされたぜ……」

久蔵は苦笑した。

「それにしても、おきちって女、小間物屋の桜香堂とどんな拘わりがあるんですかね……」

「そいつはこれからだ……」

「で、由松におきちを追わせましたか……」

「ああ。雲海坊は、残る原田浩三郎を捜して切通町の梅家って飲み屋に行って貰った」

「切通町の梅家ですか……」

「うん。原田浩三郎、梅家のおようって女の処にいるらしい……」

「おきち、残る原田を狙ってそこに現れますか……」

弥平次は、久蔵の睨みを読んだ。

「おそらくな……」

久蔵は頷いた。

「親分……」

幸吉が、廊下から弥平次を呼んだ。

「おう。入りな……」

「御免なすって……」

幸吉が襖を開け、和馬と共に入って来た。

「こりゃあ秋山さま……」

和馬と幸吉は、久蔵に挨拶をした。

「御苦労だな……」

久蔵は労った。

「いえ……」

「で、何か分かりましたか……」

弥平次は尋ねた。

「そいつが、おそめの周囲にはそれらしい野郎、いないんだな……」

和馬は、疲れと悔しさを滲ませた。

「和馬、おそめが親しくしている女はいなかったかな」

久蔵は尋ねた。

「女ですか……」

和馬は眉をひそめた。

「ああ……」

「女なら一人いましたが……」

「ひょっとしたら、その女、取立屋のおきちって云うんじゃあねえのかな」

久蔵は告げた。

「えっ……」

和馬は戸惑った。

「秋山さま、どうしてそれを御存知なんですか……」

幸吉は、久蔵に怪訝な眼を向けた。

「いろいろあってな。やはり、おきちか……」

久蔵は苦笑した。

「はい。女郎屋の松葉屋に出入りしている取立屋で、おそめと親しいとか……」

「和馬、幸吉、甚八と伸吉を殺めたのは、その取立屋のおきちだ。そして、おきちは俺を利用して浪人の松崎庄兵衛も殺った」

「秋山さまを利用して……」

和馬は驚いた。

「ああ。迂闊な話だが、まんまとしてやられたぜ」

久蔵は、和馬と幸吉に事の顚末《てんまつ》を詳しく話して聞かせた。そして、和馬と幸吉を切通町の飲み屋『梅家』に向かわせた。

和馬と幸吉は、切通町の飲み屋『梅家』に急いだ。

「で、秋山さま、あっしは……」

「柳橋の、俺に付き合って貰うぜ……」

「何処にでもお供しますが……」

弥平次は、厳しさを過ぎらせた。

「なあに、おきちが何故、命の取立屋になったのか、おそめに訊きに行くだけだ」

久蔵は、小さな笑みを浮べた。

飲み屋『梅家』は、湯島天神裏切通町の裏通りにあった。

「あそこですね……」

幸吉は、木戸番に訊いた開店前の飲み屋を示した。

「ああ……」

飲み屋『梅家』は、大年増の女将が一人で営んでいる小さな店だった。

和馬と幸吉は、飲み屋『梅家』がある裏通りを見渡した。

飲み屋『梅家』の斜向かいに小さな古着屋があり、雲海坊が茶をすすりながら店番の老婆と笑っていた。

「雲海坊ですよ」

「早々と古着屋の婆さんとお近付きになったようだな……」

和馬は苦笑した。

「下手な経でも読んで取り入ったんですよ」

幸吉は笑った。

雲海坊は、和馬と幸吉に気付いてやって来た。

「浪人の原田浩三郎、梅家にいるのか……」

和馬は尋ねた。

「そいつが、今一つはっきりしないんで……」

雲海坊は眉をひそめた。

「そうか……」

「で、女取立屋のおきちは現れたのか……」

「俺の知る限り、未だだ……」

「秋山さまの睨みじゃあ、おきちは原田浩三郎の命を狙って必ず現れるそうだ」

「ええ……」

雲海坊は頷き、飲み屋『梅家』を眺めた。

飲み屋『梅家』は、開店の仕度をしている気配もなく静かだった。

深川永代寺門前の岡場所は賑わっていた。

久蔵は、弥平次と共に女郎屋『松葉屋』を訪れ、主に素性を告げておそめを呼ぶように命じた。

おそめは、主に伴われて緊張した面持ちでやって来た。

「お前が小間物屋桜香堂のお内儀だったおそめかい……」

「はい……」

おそめは、怯えたように久蔵と弥平次を見詰めた。

「おそめ、取立屋のおきちと親しいそうだな」

久蔵は尋ねた。

「おきちさん、ですか……」

おそめは、戸惑いを浮べた。

「そうだ。女取立屋のおきちだ。親しいな」

「は、はい。いろいろお世話になっておりますが、おきちさんが何か……」

「知らないのかい……」

弥平次は、探るようにおそめを見詰めた。

「えっ。はい……」

おそめは、心配げに眉をひそめた。

「秋山さま……」

弥平次は、おそめはおきちの凶行を知らないと見定めた。

「うむ。おそめ、おきちは富次郎を如何様博奕に誘い込み、桜香堂を潰し、富次郎を自害に追い込んだ博奕打ちや浪人を殺している」

久蔵は、おそめを見据えて告げた。

「おきちさんが……」

おそめは息を飲み、驚愕に眼を瞠った。

「うむ……」

「本当に、本当におきちさんが……」

おそめは、声を震わせた。

「左様、博奕打ちの甚八と伸吉、それに浪人の松崎庄兵衛を殺し、今、残る原田浩三郎の命を狙っている……」

久蔵は告げた。

「そんな……」

おそめは呆然とした。

「おそめ、おきちが何故、そんな真似をしたのか分かるか……」

「私です。私が悪いのです。私が甚八たちへの恨み辛《つら》みを言い立てたから、だからおきちさんは私を哀れんで、私に代わって恨みを晴らしてくれているのです」

おそめは泣き伏した。

久蔵は、おそめに嘘偽りはないと見定めた。

おきちは、己の意志でおそめに代わって恨みを晴らしている。

それは、幼い時に両親を亡くし、辛く苦しい思いをしてきたからなのかもしれない。

何れにしろ、おきちをお縄にすれば分かる事だ……。

「良く分かった。おそめ、引き取ってくれて良いぜ」

「秋山さま、おきちさんに、おきちさんにどうかお情けを……」

おそめは、久蔵に平伏して頼んだ。

「旦那……」

弥平次は、『松葉屋』の主におそめを引き取らせろと目配せした。

「ささ、おそめ、部屋で少し休むんだよ」

『松葉屋』の主は、おそめを連れ出して行った。

如何にお上に情けがあったとしても、既に三人も殺していては情状の酌量は難しい。

弥平次は、吐息を洩らした。

「柳橋の、とにかくおきちだ……」

久蔵は、刀を握って立ち上がった。

和馬は、幸吉や雲海坊、そして松崎庄兵衛の一件の始末をして来た勇次と飲み屋『梅家』を見張り続けた。

飲み屋『梅家』は、未だ以て店を開ける気配を見せなかった。

原田浩三郎は本当にいるのか……。

和馬たちは、微かな疑いを抱いた。

まさか、いないのでは……。

微かな疑いは募った。

「よし。俺が探ってみるぜ」

雲海坊は、日に焼けた饅頭笠を目深に被り、錫杖を鳴らして飲み屋『梅家』に近付いた。

雲海坊は、飲み屋『梅家』の腰高障子の前に立って経を読み始めた。

誰が出て来るか……。

和馬、幸吉、勇次は見守った。

雲海坊は、経を読み続けた。

僅かな時が過ぎた。

飲み屋『梅家』の腰高障子が、音を立てて開けられた。そして、肥った大年増が顔を出し、煩わしそうに雲海坊を一瞥して僅かなお布施を頭陀袋《ずだぶくろ》に入れた。

雲海坊は、声を励まして経を読んだ。

「もう良いよ。さっさと何処かに行っとくれ」

肥った大年増は、腰高障子を乱暴に閉めた。

雲海坊は、尚も経を読んだ。

次の瞬間、腰高障子を開けて背の高い浪人が怒鳴った。

「煩せえって云ってんだろうが……」

雲海坊は、衣を翻して素早く逃げた。

背の高い浪人は、逃げる雲海坊を睨んで腰高障子を閉めた。


背の高い浪人は原田浩三郎……。

和馬、幸吉、雲海坊、勇次は見届けた。

原田浩三郎は、飲み屋『梅家』にいるのだ。

「いましたね。原田浩三郎の野郎……」

雲海坊が嘲りを浮べ、和馬、幸吉、勇次の許に戻って来た。

「ああ……」

和馬は頷いた。

「和馬……」

久蔵が、弥平次とやって来た。

「秋山さま、親分……」

和馬、幸吉、雲海坊、勇次は迎えた。

「どうだ……」

久蔵は、和馬に尋ねた。

「はい。浪人の原田浩三郎はいますが、取立屋のおきちは現れちゃあいません」

「そうか。よし、俺と柳橋は、原田をお縄にして梅家で待つ。和馬たちはこのまま表の見張りを頼むぜ」

「心得ました」

「じゃあ、柳橋の……」

「はい」

久蔵は、弥平次と共に飲み屋『梅家』に向かった。

弥平次は、飲み屋『梅家』の腰高障子を叩いた。

「なんだい。店は未だだよ」

店の中から大年増の声がした。

「千駄木の松崎さんの使いの者だが、原田の旦那はいるかい」

弥平次は告げた。

大年増と男の話し声が、店の中から微かに聞こえた。そして、腰高障子が開いた。

「松崎がどうしたんだ……」

浪人が顔を出した。

原田浩三郎だ……。

刹那、久蔵は原田を蹴飛ばした。

原田は、店の中に弾き飛ばされた。

久蔵は、追って店の中に踏み込んだ。

原田は、土間に倒れ込んだ。

「なんだい、あんた」

肥った大年増が、金切り声をあげて倒れ込んだ原田を庇った。

久蔵は、大年増を当て落とした。

大年増は眼を剝《む》いて気を失い、その場に崩れ落ちた。

原田は、裏口に逃げた。

久蔵は、逃げる原田を素早く押えて土間に引き倒した。

「何しやがる……」

原田は抗った。

久蔵は、原田に平手打ちを浴びせた。

原田は、思わず頭を抱えた。

久蔵は、原田の脇差を奪い取った。

「原田浩三郎、小間物屋桜香堂の主を如何様博奕に嵌め、身代を巻き上げた罪は露見しているんだ。神妙にするんだな」

「て、手前……」

「俺は南町奉行所の秋山久蔵って者だ」

「秋山久蔵……」

原田は驚き、喉を引き攣らせた。

久蔵は告げた。

「柳橋の……」

「はい」

弥平次は、原田に素早く縄を打った。

「原田、命の取立屋が来る迄、大人しくしていて貰うぜ」

「命の取立屋……」

「ああ、命懸けで外道《げどう》の命を取立てようって奇特な奴だ」

久蔵は冷たく笑った。


日暮れが近付いていた。

和馬、幸吉、雲海坊、勇次は、飲み屋『梅家』の表の見張りを続けた。

仕事帰りの人足や職人が、裏通りを行き交うようになった。

雲海坊は、やって来る粋な形の女に気付いた。

取立屋のおきちか……。

雲海坊は、眼を細めて見定めようとした。

やって来る粋な形の女は、取立屋のおきちだった。

雲海坊は見定めた。

「来ましたぜ……」

雲海坊は、和馬に報せた。

「何処だ……」

和馬と幸吉は雲海坊の視線の先を追い、粋な形の女に気付いた。

「あの女……」

幸吉は眉をひそめた。

「幸吉……」

和馬は、戸惑いの声をあげた。

「ええ。おしまです」

幸吉は頷いた。

「雲海坊、あの女がおきちか……」

「ええ。おきちですぜ……」

雲海坊は頷いた。

和馬と幸吉は、取立屋のおきちが自分たちを誑かしたおしまだと知った。

「くそっ……」

和馬は、悔しく吐き棄てた。

おきちは、飲み屋『梅家』に向かってやって来た。

「由松さんです……」

勇次は、おきちの後から来る由松に気が付いた。

由松は、千駄木からおきちを追い続けて来たのだ。

「よし、勇次、お前はおきちに面が割れちゃあいねえ。由松と繋ぎを取っておきちの後ろを固めろ」

和馬は命じた。

「承知……」

勇次は、裏通りに出ておきちと擦れ違い、由松の許に急いだ。

和馬、幸吉、雲海坊は、固唾《かたず》を呑んでおきちを見守った。

おきちは、飲み屋『梅家』の表に佇んだ。そして、辺りを窺って息を整え、飲み屋『梅家』の腰高障子を叩いた。

腰高障子には女の影が映っていた。

弥平次は、肥った大年増を促した。

「だ、誰だい……」

肥った大年増は、微かに声を震わせた。

「千駄木の松崎の旦那の使いの者です」

おきちは、久蔵たちと同じ口実を使った。

久蔵は苦笑した。

弥平次は、再び肥った大年増を促した。

肥った大年増は、腰高障子を音を立てて開けた。

おきちが、微笑みを浮べて佇んでいた。

「原田の旦那、おいでになりますか……」

「えっ、ええ。どうぞ……」

「じゃあ、お邪魔します……」

おきちは、飲み屋『梅家』に入った。

縛られた原田浩三郎が、土間の隅にいた。

おきちは困惑した。

「やあ……」

久蔵は、笑顔で迎えた。

おきちは、咄嗟に外に逃げ出そうとした。しかし、外には和馬、幸吉、雲海坊が詰めていた。そして、飲み屋の裏口から由松と勇次が入って来た。

おきちは、己の置かれた情況を知った。

「遅かったな、おきち……」

「秋山の旦那、町奉行所の……」

おきちは眉をひそめた。

「ああ。南町の吟味方与力だ……」

「そうでしたか……」

おきちは苦笑した。

「おきち、おそめを哀れみ、代わって恨みを晴らそうとしているのは良く分かった。だが、残る原田浩三郎と清六の仕置は俺に任せて貰うぜ」

「秋山の旦那……」

おきちは、厳しさを滲ませた。

「心配するな、おきち。原田たちの悪事の何もかもを暴けば、磔獄門《はりつけごくもん》にしても飽き足らねえ筈だ」

「秋山さま……」

おきちは、嬉しげに微笑んだ。

「和馬、幸吉、原田浩三郎を大番屋に引き立てろ」

「はい……」

和馬と幸吉は、原田を立ち上がらせた。

「旦那、お兄さん、いつぞやはお世話になりました」

おきちは、和馬と幸吉に微笑み掛けた。

「おきち、お前、あの時、甚八を殺ろうとしたんだな」

和馬は苦笑した。

「ええ。色仕掛けで近付きましてね。でも、いざって時に気付かれましてね。旦那たちに本当の事を云えば、甚八を殺めた後が面倒だと思い、おしまなんて嘘をついたんです。勘弁してくださいな」

おきちは、和馬と幸吉に詫びた。

「和馬、幸吉、勘弁してやるんだな」

「ええ。では……」

和馬と幸吉は、原田浩三郎を引き立てて行った。

「おきち、伸吉を殺したのもお前だな……」

「はい……」

おきちは頷いた。

「他人の恨みを晴らすのに、三人も殺したのか……」

「死罪になるには、充分な人数ですよね」

「ああ……」

久蔵は、厳しい面持ちで頷いた。

「これで清々しましたよ」

おきちは、嬉しげに微笑んだ。

久蔵は、おきちが死を覚悟しているのを知った。

「秋山さま、昨日も云いましたけど、子供の頃からいろいろありましてね。もう飽き飽きしていたんですよ。取立屋も生きる事の何もかもが、良い事なんか一度もなかった……」

おきちは、淋しげに笑った。

「おきち……」

「秋山さま、いろいろ御造作をお掛け致しました」

おきちは、何もかも断ち切るかの如く久蔵に深々と頭を下げた。

「よし。雲海坊、おきちを大番屋にな」

「承知しました。由松、勇次……」

「はい……」

由松と勇次は、おきちに縄を打とうとした。

「由松、勇次、縄は無用だ。なあ、おきち」

久蔵は笑った。

「ありがとうございます」

おきちは、久蔵に頭を下げて雲海坊、由松、勇次に引き立てられて行った。

久蔵は見送った。

「どんな生き方をしてきたのか、哀しい女ですね……」

弥平次は吐息を洩らした。

「ああ……」

久蔵は、弥平次に後始末を頼んで外に出た。

外は夕暮れに包まれ、冷たい風が吹き抜けていた。

冷たい風は、久蔵の鬢《びん》の解れ髪を揺らした。

浪人の原田浩三郎と清六は、強請たかりや騙りで大勢の人を死なせたのが判明し、死罪になった。そして、おきちにも死罪の裁きが下された。

おきちは、牢屋敷の刑場の土壇場に引き据えられた。

久蔵は、おきちの処刑に立合った。
おきちは、久蔵に一礼し、晴れやかな微笑みを残して首を打ち落とされた。
何故、おきちが他人であるおそめの恨みを命懸けで晴らしたのかは、定かではない。
人の気持ちには、他人には窺い知れない闇が秘められている。
女取立屋は死んだ……。
冬の寒さは一段と厳しくなった。

第四話

大掃除

一

師走《しわす》――十二月。

一年の終わり、家々は溜った汚れを落とす煤払《すすはら》いを始める。中旬から下旬に掛けて歳の市が立ち、最も賑やかなのが金龍山浅草寺《きんりゅうざんせんそうじ》の羽子板市であった。

八丁堀岡崎町の秋山屋敷は、煤払いも終えて新しい年を迎える仕度に忙しかった。

船頭の勇次が、息を切らせて秋山屋敷に駆け込んで来た。

「勇次さん……」

下男の太市は、前庭の掃除の手を止めて勇次を迎えた。

「おう、太市。秋山さまに取次を頼む」

「はい……」

太市は、木戸から母屋の庭先に走った。

勇次は、表門脇の腰掛けで乱れた息を落ち着かせた。

「勇次さん……」

　太市が、木戸から戻って勇次を呼んだ。

「取り籠もり……」

　南町奉行所吟味方与力の秋山久蔵は、妻の香織の介添えで着替えをしながら厳しさを滲ませた。

「はい。中年の浪人が元鳥越町《もとというごえちょう》は甚内橋《じんないばし》の袂にある一膳飯屋の亭主とおかみさんを人質にして……」

　勇次は、庭先から告げた。

「で、その中年の浪人、取り籠もって何をしようってんだ」

「そいつは……」

　勇次は首を捻った。

「直ぐに此処に走ったか……」

「はい。和馬の旦那が、急ぎ秋山さまにお報せしろと……」

「そうか。よし、行こう……」

　着流し姿の久蔵は、刀を手にして濡縁から庭先に降りた。

「お気を付けて……」

香織は、濡縁で久蔵を見送った。

「うむ。行って来るぜ……」

久蔵は、太市から塗笠を受取り、勇次と共に元鳥越町の甚内橋の袂に急いだ。

元鳥越町にある甚内橋は猿子橋《さるこばし》とも称され、三味線堀《しやみせんぼり》から大川に流れ込む新堀川（鳥越川）に架かっていた。

甚内橋の北詰、鳥越明神の近くに一膳飯屋『福《ふく》や』はあった。

一膳飯屋『福や』の表と裏は、南町奉行所定町廻り同心の神崎和馬と岡っ引の柳橋の弥平次たち、そして駆け付けた捕り方に取り囲まれていた。

和馬は、弥平次や捕り方と一膳飯屋『福や』の表を囲み、幸吉、雲海坊、由松たちに裏手を固めさせた。

中年の浪人が、年寄りの主夫婦を人質にして一膳飯屋『福や』に取り籠もったことは、逃げ出した十三歳の小女によって自身番に報された。

自身番の番人は、直ぐに柳橋の船宿『笹舟』に走った。

船宿『笹舟』に弥平次は在宅し、折良く和馬が訪れていた。

和馬と弥平次は、八丁堀の秋山屋敷に勇次を走らせ、幸吉、雲海坊、由松と元鳥越町の一膳飯屋『福や』に急いだ。

「踏み込めば、主夫婦を斬り殺す……」

痩せた中年浪人は、駆け付けた和馬と弥平次たちに告げた。

「何故の取り籠もりだ」

和馬は怒鳴った。

中年浪人の返事はなく、一膳飯屋『福や』は静けさに覆われた。

「くそっ……」

和馬は苛立った。

四半刻（三十分）が過ぎ、久蔵を乗せた勇次の猪牙舟が甚内橋の船着場に船縁《ふなべり》を着けた。

「秋山さま……」

和馬と弥平次が迎えた。

「御苦労だな。どうなっている……」

「はい。飯屋の年寄り夫婦を人質に取り籠もったままです」

和馬は、苛立たしげに告げた。

「で、こっちに何をしろと云っているんだ」

「そいつが未だ何も……」

弥平次は、久蔵を見詰めた。

「未だ何も云ってこないのか……」

久蔵は眉をひそめた。

「はい」

「取り籠もったのは、中年浪人だと聞いたが、どんな野郎だ」

「そいつは、逃げ出して来た一膳飯屋の小女に訊きましょう」

「ほう。小女が逃げ出しているのか……」

「はい。そして、自身番に駆け込んだそうです」

「よし。その娘に訊こう。何処にいる」

「自身番に……」

「和馬、此処を頼む。何かあったら報せろ」

「心得ました」

和馬は頷いた。

久蔵は、弥平次を伴って自身番に向かった。

一膳飯屋『福や』の小女は、元鳥越町の自身番の板の間にいた。

自身番には、家主、店番、番人の詰めている三畳間と奥に板の間がある。板の間は三畳程の広さであり、小女は不安げな面持ちで縮こまっていた。

「やあ。ちょいと邪魔をするよ」

弥平次は、親しげな笑みを浮べて狭い板の間に入った。

久蔵が続いた。

小女は、微かな怯えを過ぎらせた。

「やあ。私は弥平次って者でね。こちらは南の御番所の秋山久蔵さまだ」

「で、名前、何て云うんだい……」

久蔵は微笑んだ。

「おきみです……」

小女は、強張《こわば》った笑みを浮べた。

「そうか、おきみか。で、おきみは、福やに奉公しているんだな」

「はい……」

「旦那とおかみさん、良くしてくれているかな」

「はい。旦那さんとおかみさん、子供がいないからとっても……」

「そいつは良かったな」

「亭主は宗平《そうへい》、おかみさんはおとき、子供はおりませんでして、仲の良い穏やかな夫婦だと、近所の評判も上々です」

弥平次は、おきみの話を裏付けた。

「そうか。で、おきみ、押し込んだ浪人、何処の誰か知っているかい」

「秋口から時々来ていたお客さんで、確か高杉平内《たかすぎへいない》って名前だったと思います」

おきみは告げた。

取り籠もった浪人は、一膳飯屋『福や』に時々来ていた客だった。

「お客の高杉平内か……」

「はい……」

「何をしている人かな」

「それは、知りません……」

おきみは首を捻った。

「町内にいるかな、高杉平内って中年浪人」

久蔵は、家主に尋ねた。

「申し訳ありません。少々お待ち下さい」

家主は、店番と町内の名簿を慌てて調べた。

「じゃあ、その高杉、どんな人柄だい……」

弥平次は訊いた。

「徳利一本のお酒を飲んで、美味しそうに御飯を食べて、静かな人でした……」

「乱暴な真似はしなかったかい……」

「そんなことありません……」

おきみに躊躇いはなかった。

「秋山さま……」

弥平次は、微かな困惑を過ぎらせた。

「うむ……」

「秋山さま、高杉平内と云う浪人、元鳥越町にはおりません……」

家主が遠慮がちに告げた。

「そうか……」

「お役人さま。どうか旦那さんとおかみさんを助けて下さい。お願いします」

おきみは、床に両手をついて久蔵と弥平次に深々と頭を下げた。

久蔵と弥平次は自身番を出た。

「柳橋の、どうもすっきりしねえな……」

久蔵は眉をひそめた。

「ええ。浪人の高杉平内、おきみの話じゃあ、とても取り籠もりをするようには思えません」

弥平次は困惑した。

「ああ。柳橋の、こいつは只の取り籠もりじゃあねえのかもな……」

久蔵は睨んだ。

勇次が駆け寄って来た。

「どうした……」

「はい。取り籠もりの浪人が、福やの主夫婦を助けたければ、練塀小路《ねりべいこうじ》の組屋敷に住んでいる御家人の大友恭之介《おおともきようのすけ》を連れて来いと言い出しました」

勇次は告げた。

「御家人の大友恭之介……」

「はい……」

「秋山さま……」

「ああ。漸く動いたぜ」

久蔵は、小さく笑った。

髭面の瘦せた浪人の顔が、一膳飯屋『福や』の格子窓の奥に見えた。

「お前が高杉平内かい……」

久蔵は、和馬の処に戻り、髭面の瘦せた浪人に呼び掛けた。

「高杉平内……」

和馬は眉をひそめた。

「そうだな高杉……」

久蔵は、一膳飯屋『福や』の格子窓の中の中年浪人を見据えた。

「おぬしは……」

「南町奉行所の秋山久蔵って者だ」

「秋山久蔵……」

「うむ。で、高杉、下谷練塀小路に住んでいる御家人の大友恭之介を連れて来るのか……」

「ああ。さっさと連れて来なければ、福やの親父とおかみの命はない」

高杉は、満面に厳しさを浮べた。

「ま、焦るんじゃあねえ……」

久蔵は苦笑した。

「で、大友恭之介を呼んでどうするんだい」

「そいつは、おぬしに拘わりない。さっさと呼んで来い」

高杉は、格子窓を閉めた。

取り囲んでいた者たちの緊張が、僅かに緩んだ。

「どうします……」

和馬は、久蔵の指示を仰いだ。

「福やの主夫婦の命が懸かっているんだ。大友恭之介を呼んで来るしかあるまい」

元鳥越町と下谷練塀小路は遠くはない。

「ですが、人質を取って取り籠もり迄して呼び出そうって相手ですよ。素直に来ますかね」

和馬は眉をひそめた。

「おそらく、そいつはねえだろうな」

久蔵は苦笑した。

「じゃあ、その時は……」

「何としてでも連れて来るぜ」

「えっ……」

和馬は戸惑った。

「大友恭之介は俺が呼んでくる」

久蔵は、小さな笑みを浮べた。

「ですが……」

和馬は慌てた。

「お前は此処で見張っていな。柳橋の、幸吉と勇次を借りるぜ」

「はい。勇次、幸吉と秋山さまのお供をな」

弥平次は命じた。

「承知しました。じゃあ、幸吉の兄貴と練塀小路に行きます」

勇次は、一膳飯屋『福や』の裏手にいる幸吉の許に走った。

「じゃあな……」

久蔵は、塗笠を目深に被って下谷に向かった。

元鳥越町から三味線堀に行き、大名家の屋敷街を抜ければ御徒町《おかちまち》であり、下谷練塀小路がある。

久蔵は、大名屋敷の傍を下谷練塀小路に向かった。

幸吉と勇次は、久蔵に先行して下谷練塀小路に向かった。

久蔵は、小旗本や御家人の組屋敷が連なる練塀小路に入った。

「秋山さま……」

先行した勇次が、駆け寄って来た。

「おう……」

「大友恭之介の組屋敷は、忍川の近くだそうでして、幸吉の兄貴が……」

幸吉と勇次は、既に大友恭之介の組屋敷を突き止めていた。

「よし……」

久蔵と勇次は、不忍池から続く忍川近くの大友屋敷に急いだ。

一軒の組屋敷の前にいた幸吉は、久蔵を会釈をして迎えた。

「やあ、此処か……」

久蔵は、幸吉がいた組屋敷を示した。

「はい。ちょいと聞き込んだ処によれば、五十俵取りの御家人で歳の頃は二十六、七。無役の小普請組で梅吉《うめきち》って下男と二人暮らしだそうです」

幸吉は、僅かな間にかなりの聞き込みをしていた。

「五十俵取りの小普請か……」

「はい……」

「で、大友恭之介、いるのか……」

「はい。あっしが来た時、浪人が二人、入って行きましたので……」

「いるって訳だな」

「きっと……」

「よし。幸吉は此処にいてくれ」

久蔵は、大友恭之介が思わぬ動きをした時に備えた。

「はい……」

幸吉は、久蔵の腹の内を読んで頷いた。

「行くぜ、勇次……」

「はい」

久蔵は、勇次を伴って大友屋敷の木戸門を潜った。

大友屋敷の庭には雑草が生えていた。

それは、主の大友恭之介は勿論、下男の梅吉がどのような者なのかを窺わせた。

「酷いな……」

勇次は、眉をひそめて呟いた。

久蔵は苦笑した。

「どちらさまですか……」

勝手口の内木戸から現れた若い下男が、久蔵と勇次に鋭い眼を向けた。

梅吉だ。

「俺は南町奉行所の秋山久蔵って者だ。大友恭之介を呼んでくれ」

「南町奉行所の秋山久蔵さま……」

梅吉は、微かな怯えを過ぎらせて久蔵を見詰めた。

俺の名を知っている……。

久蔵は読んだ。

「ああ。大友恭之介だ……」

「少々お待ちを……」

梅吉は、屋敷に入って行った。

「野郎、秋山さまの事を知っていますね」

「うむ……」

久蔵は頷いた。

「お待たせ致した……」

若い武士が、玄関先に出て来た。

「おぬしが大友恭之介さんかい……」

「ええ。南町の秋山久蔵さまですか……」

大友恭之介は、久蔵に探るような視線を向けた。その視線には、微かな嘲りと敵意が含まれていた。

「ああ……」

「で、俺に何用ですか……」

「お前さん、高杉平内って浪人、知っているな……」

「高杉平内……」

大友は眉をひそめた。

「ああ……」

「もし、知っていたらどうだと云うんです」

大友の眼が狡猾《こうかつ》に光った。

「元鳥越町に一緒に来て貰う」

「元鳥越町……」

「ああ。高杉が元鳥越町の一膳飯屋に取り籠もっていてな」

「取り籠もり……」

「ああ。お前を連れて来なければ、人質を殺すと云っている。それ故、一緒に来て貰う」

久蔵は、素早く大友の利き腕を掴んだ。

刹那、二人の浪人が、屋敷の中から刀を抜いて現れた。

久蔵は、咄嗟に大友を突き飛ばした。

浪人の一人が、突き飛ばされた大友を躱して久蔵に斬り付けた。

久蔵は、跳び退いて身構えた。

大友は、屋敷の奥に逃げ込んだ。

勇次が勝手口に走った。

二人の浪人は、久蔵に刀を向けて迫った。

「容赦はしねえぜ……」

久蔵は冷たく笑った。

二

「煩せえ……」

二人の浪人は、久蔵に斬り掛かった。

久蔵は、抜き打ちの一刀を閃《ひらめ》かせた。

浪人の一人は、太股《ふともも》を斬られて激しく倒れ込んだ。

残る浪人は怯《ひる》んだ。

久蔵は、残る浪人の刀を握る右腕を容赦なく斬った。

残る浪人は刀を落とし、血の溢れる斬られた右腕を押えて蹲った。

久蔵は、大友屋敷に踏み込んだ。

玄関を入っての八畳間、次の六畳間、台所、そして奥の八畳間と六畳間。

百石以下の御家人の組屋敷は、そのぐらいの間取りが普通だ。

大友恭之介と下男の梅吉は、組屋敷の何処にもいなかった。

逃げた……。

御家人大友恭之介には、後ろめたい事がある。そして、それは高杉平内の一膳飯屋『福や』の取り籠もりに拘わりがあるのだ。

久蔵は庭に降り、裏木戸を出た。

裏木戸の外は、路地になっていた。

「秋山さま……」

勇次が、通りから路地に駆け込んで来た。

「大友と梅吉は……」

「下谷広小路に。幸吉の兄貴が追っています」

「よし……」

久蔵と勇次は、下谷広小路に急いだ。

下谷広小路は師走の忙しさに溢れていた。

大友恭之介と梅吉は、下谷広小路を横切って湯島天神裏門坂道に向かった。

幸吉は、自身番の者や木戸番に声を掛けて追った。

久蔵と勇次は、下谷広小路の雑踏に出た。

「さあて、どっちに行ったかな……」

久蔵は、行き交う人々を眺めた。

「ちょいとお待ちを……」

勇次は、上野新黒門町《しんくろもんちょう》の自身番に走った。そして、自身番の番人と短く言葉を交わした。

番人は、湯島天神裏門坂道を指差した。

勇次は礼を云い、久蔵の許に戻って来た。

「湯島天神裏門坂道です」

「よし……」

久蔵は、勇次と共に湯島天神裏門坂道に急いだ。

久蔵と弥平次たちは、一人で追う時には後から来る者に行き先を報せる為、各町内の自身番や木戸番に足跡を残して行くようにしていた。

幸吉は、追って来る久蔵と勇次の為に自身番の者や木戸番に声を掛けて大友と梅吉を追っていた。

久蔵は、勇次と共に大友と梅吉を追う幸吉の後を辿った。

元鳥越町の一膳飯屋『福や』の取り籠もりは続いた。

「未だか、大友恭之介は未だ来ないのか……」

高杉平内は、苛立ちを見せた。

「未だだ。高杉、もう少し待て……」

和馬は宥《なだ》めた。

「万一、嘘偽りを申して何かを企んでいたら福やの宗平とおときの命はない」

高杉は険しい声をあげた。

「お、お助けを、お助けを……」

亭主の宗平と女房のおときの悲鳴が、一膳飯屋『福や』からあがった。

「や、止めろ高杉、もう暫くだ。もう暫く待ってくれ。頼む……」

和馬は焦った。

「分かった。大友恭之介、必ず連れて来るんだ。さもなければ、福やの宗平とおときの命はない。良いな」

高杉は窓辺を離れ、一膳飯屋『福や』は静けさに包まれた。

弥平次は、微かな違和感を覚えた。

「和馬の旦那、亭主の宗平さんと女房のおときさん、いつから此の店をやっているんですかね」

「さあ、分からないが、そいつがどうかしたかい……」

和馬は、怪訝な面持ちになった。

「ええ。ちょいと気になる事がありましてね。調べてみたいのですが、此処を離れていいですか……」

「そいつは構わないが……」

「じゃあ……」

弥平次は、一膳飯屋『福や』の囲みから離れた。

湯島天神は年の瀬にも拘わらず、参拝客で賑わっていた。

大友恭之介と下男の梅吉は、湯島天神門前の盛り場に入った。

盛り場に連なる飲み屋は、店を開ける仕度に忙しかった。

大友と梅吉は、盛り場を進んだ。

幸吉は尾行た。

何処かの店に潜り込む……。

幸吉は睨んだ。

何処かの店に隠れ、久蔵の追及を躱そうとしている。

それは、高杉平内の取り籠もりと拘わりがあるからなのだ。

幸吉は追った。

大友と梅吉は、盛り場を進んで通り抜けた。

違った……。

幸吉は戸惑った。

大友と梅吉は、盛り場の店に潜り込まずに通り抜け、本郷へ向かう通りに進んだ。

何処に行く……。

幸吉は、戸惑いながら追った。そして、後から来る久蔵と勇次に報せる為、自身番や木戸番屋を探した。だが、盛り場には自身番も木戸番屋もなかった。

幸吉は焦った。

大友と梅吉は、足早に本郷に向かっていた。

追うしかない……。

幸吉は追った。


久蔵と勇次は、湯島天神門前の盛り場に入った。

「大友と梅吉、馴染の飲み屋にでも隠れるつもりなんですかね」

勇次は読んだ。

「おそらくな……」

久蔵は頷いた。

幸吉は、大友と梅吉が入った店を見張っている筈だ。

久蔵と勇次は、開店の仕度に忙しい店の連なる盛り場に幸吉を捜した。

盛り場を抜けても幸吉はいなかった。

「秋山さま……」

「うむ……」

勇次は戸惑った。

久蔵は眉をひそめた。

「路地にいたのに気付かなかったんですかね」

「いや。そいつはない……」

久蔵は云い切った。

「まさか、幸吉の兄貴、大友と梅吉に気付かれて……」

勇次は、不安を過ぎらせた。

「そいつもあるまい……」

「じゃあ……」

「おそらく大友と梅吉の野郎、盛り場を通り抜けたんだろう……」

久蔵は睨んだ。

「じゃあ、本郷の方に行ったんですか……」

「ああ……」

久蔵は、湯島天神門前盛り場を抜けて本郷に急いだ。

勇次は続いた。

本郷の通りを行き交う人々には、師走の忙しさが窺われた。

大友恭之介と梅吉は、本郷の通りを横切り、北ノ天神真光寺《しんこうじ》門前脇の道から御《お》弓町《ゆみちょう》の武家屋敷街に入った。そして、連なる旗本屋敷の一軒に近付き、閉じられた表門脇の潜り戸を叩いた。

幸吉は見守った。

大友は尚も潜り戸を叩き、梅吉は険しい眼で背後を警戒した。

中間《ちゅうげん》が潜り戸を開けた。

大友と梅吉は、素早く旗本屋敷の中に入った。

中間は、表門前を鋭く見廻して潜り戸を閉めた。

幸吉は見届けた。


一膳飯屋『福や』は、元鳥越町に店を開いて二十年が過ぎていた。

「味も盛りも良くて値も安いと専らの評判でしてね。馴染も出来てそれなりに繁盛しているのにねえ……」

自身番の店番は、一膳飯屋『福や』に同情した。

「亭主の宗平さんと女房のおときさん、仲の良い穏やかな夫婦だと聞きましたが……」

弥平次は訊いた。

「ええ。昔はいろいろあったようですがね」

「昔はいろいろあったってのは……」

「私も前の店番に聞いたんですがね。福やには娘がいたそうでしてね……」

「娘がいた……」

弥平次は、新たな事実を知った。

「ええ……」

「で、その娘は……」

「何でも十年前、質の悪い野郎に騙されて家出をしちまったとか……」

「家出……」

弥平次は眉をひそめた。

「ええ。それっきり帰って来なくて行方知れず。宗平さんとおときさん、とっくに諦めているそうでしてね。生きているのか死んでいるのか……」

「そうですか……」

一膳飯屋『福や』には娘がいた。

その娘は十年前、男に騙されて家出をして行方知れずになっている。

その辺かもしれない……。

弥平次は睨んだ。

「すまないが、その娘の事を詳しく知りたいんですがね……」

「それなら、私の前に店番をやっていた良吉《りょうきち》さんに聞いてみるといいですよ」

店番は告げた。

「じゃあ、その良吉さんは何処に……」

弥平次は、前の店番だった良吉に逢ってみる事にした。


久蔵と勇次は、本郷の通りにでた。

「さあて、どっちに行ったか……」

久蔵は、本郷の通りを眺めた。

「ちょいと聞き込んでみます」

勇次は、本郷の通りを横切って真光寺の門前の茶店に走った。

久蔵は続いた。


「さあ、分かりませんねえ……」

茶店の亭主は、幸吉らしい男を見てはいなかった。

「そうですか……」

勇次は落胆した。

「ならば亭主、この界隈の旗本で評判の悪い奴はいないかな……」

久蔵は訊いた。

「評判の悪い旗本ですか……」

茶店の亭主は戸惑った。

「ああ……」

類は友を呼ぶ……。

久蔵は、大友恭之介が行くような処を割り出そうとした。

「そりゃあ、いない事はありませんが……」

茶店の亭主は、辺りを憚《はばか》って言葉を濁した。

「亭主、俺は南町奉行所の者だ。遠慮は無用、評判の悪い旗本は何処の誰だ」

「は、はい。此の界隈で評判の悪い旗本は、御弓町の工藤図書《くどうずしよ》さまの処の精一郎《せいいちろう》です……」

茶店の亭主は囁いた。

「御弓町の工藤精一郎……」

久蔵は眉をひそめた。

「はい。御家人や浪人の悪仲間と連んで強請にたかり、挙げ句の果てには娘を誑かして女衒《ぜげん》に売り飛ばしたりしているとか……」

茶店の亭主は、腹立たしげに告げた。

「よし。その工藤屋敷は御弓町の何処だ」

久蔵は、大友恭之介が旗本の工藤図書の屋敷に逃げ込んだと睨んだ。

散り遅れた枯葉は、立ち木の梢の先で冷たい風に揺れていた。

自身番の前の店番の良吉は、炬燵に入って老いた身を縮めていた。

「福やの娘とは、随分と古い話だねえ……」

良吉は、小さな白髪髷を揺らした。

「ええ。今、浪人が宗平さんとおときさんを人質にして福やに取り籠もっていましてね」

弥平次は告げた。

「取り籠もり……」

良吉は、白髪眉をひそめた。

「ひょっとしたらその取り籠もり、昔家出をした娘が拘わっているんじゃあないかと思いましてね」

「それで柳橋の親分さんか。福やの娘の家出なら良く覚えていますよ」

良吉は、弥平次を見詰めた。

「そいつはありがたい。で、福やの娘の名前は……」

「確か、おそでと云いましたか……」

「おそで、家出した時、歳は幾つでした」

「十七か八……」

「じゃあ、今は二十七、八って処ですか……」

「そうなるねえ……」

「で、おそでを誑かした野郎ってのは……」

「練塀小路に住んでいる質の悪い御家人の倅でしてね……」

「質の悪い御家人の倅……」

弥平次は眉をひそめた。

「ああ。今は両親も死んで家を継いだようだがね……」

十年前、おそでを誑かした質の悪い御家人の倅は、おそらく大友恭之介なのだ。

弥平次は読んだ。

だが、分からないのは、何故浪人の高杉平内が取り籠もり、大友恭之介を連れて来いと云っているのかだ。

「処で良吉さん、高杉平内って浪人、知っていますか……」

「高杉平内……」

「痩せた中年の浪人です……」

「痩せた中年浪人の高杉平内ねえ……」

「ええ。覚えはありませんか……」

「ああ。十年前も痩せた中年浪人じゃあなかっただろうからねえ……」

「そいつは仰る通りだ……」

弥平次は、思わず苦笑した。

「ですが親分、名前は知らないが、おそでを妹のように可愛がっていた若い浪人がいたのは覚えているよ」

「若い浪人……」

「ああ。貧乏な浪人でね。宗平さんやおときさんに、良く飯を只で食わせて貰っていたんじゃあないかな……」

良吉は、歯のない口元を綻ばせた。

「そうですか……」

弥平次は笑った。

御弓町の武家屋敷街に行き交う人は少なかった。

幸吉は、通り掛かったお店者に訊き、大友恭之介と梅吉が入った旗本屋敷の主が二千石取りの工藤図書だと知った。

大友と梅吉は、工藤屋敷に入ったまま出て来る気配はなかった。

幸吉は、工藤屋敷を見張り続けた。

まんまと逃げ込まれた……。

大友は、このまま暫く身を潜める気なのかもしれない。

幸吉は焦りを覚えた。

焦りは、大友恭之介に逃げ込まれたのは勿論だが、久蔵と繋ぎが取れない事にもあった。だが、繋ぎを取る為に工藤屋敷を離れ、その間に大友恭之介に立ち去られるのを恐れた。

幸吉の焦りは募った。

久蔵と勇次が、武家屋敷街をやって来た。

秋山さまと勇次……。

幸吉は、潜んでいた路地を出て久蔵と勇次の許に急いだ。


「幸吉の兄貴……」

勇次は、足早に来る幸吉に気付いた。

久蔵は、旗本屋敷の間の路地に入った。

幸吉と勇次が続いた。

「秋山さま……」

「待たせたな。で、大友恭之介と梅吉は、工藤図書の屋敷か……」

「は、はい……」

幸吉は、久蔵が大友の逃げ込んだ屋敷を知っているのに戸惑った。

「やはり、茶店の亭主の云った通りだな」

「はい……」

勇次は頷いた。

「秋山さま……」

「此の界隈の評判の悪い旗本は、工藤図書の倅の精一郎だと聞いてな」

「そうでしたか……」

幸吉は、久蔵の鋭さに感心した。

「ああ……」

久蔵は、旗本工藤屋敷を眺めた。

「さあて、どうやって引き摺り出すか……」

久蔵は不敵に笑った。

三

工藤屋敷は表門を閉め、静けさに覆われていた。

久蔵は、当主の工藤図書がどのような人柄なのか知らなかった。だが、今は工藤図書の人柄を調べている暇はない。

よし……。

久蔵は、先ずは正面から当たってみる事にした。

「幸吉、勇次、俺は工藤図書に逢う。此処で待っていてくれ」

「秋山さま……」

幸吉と勇次は眉をひそめた。

「心配するな……」

久蔵は、小さな笑みを浮かべて工藤屋敷の潜り戸に向かった。そして、潜り戸を叩いた。

「どちらさまにございますか……」

中間が、覗き窓に顔を見せた。

「南町奉行所吟味方与力の秋山久蔵だ。工藤図書さまにお目通りを願いたい」

久蔵は告げた。

「南町奉行所の秋山久蔵さまですか……」

中間は、支配違いの町奉行所与力に微かな侮りを滲ませた。

「ああ……」

「その秋山さまが何用ですか……」

奉公人の応対は、主の人柄とその家の家風を映している。

久蔵は、工藤図書の人柄を推し量り、出方を決めた。

「殿さまに、旗本工藤家が取り潰しになるかどうかだと伝えな……」

久蔵は、中間を冷たく見据えた。

「えっ……」

中間は驚いた。

「さっさと取次がなきゃあ、工藤家が取り潰しになった時、お前の所為になるぜ」

久蔵は脅した。

「は、はい。どうぞ……」

中間は潜り戸を開けた。

久蔵は、工藤屋敷に入った。

潜り戸は、軋みを鳴らして閉められた。

「幸吉の兄貴……」

勇次は心配した。

「秋山さまの事だ。心配はいらないぜ」

幸吉は、強張った笑みを浮かべた。

工藤屋敷の書院には手焙《てあぶ》りもなかった。

久蔵は、火の気のない書院で当主の工藤図書が来るのを待った。

中年の武士が入って来た。

「当家用人の武田《たけだ》郡兵衛《ぐんべえ》です。南町奉行所の秋山久蔵どのですか……」

用人の武田郡兵衛と名乗った中年の武士は、久蔵に探るような眼差しを向けた。

「如何にも……」

「御用は、当工藤家に拘わる事だそうですな」

武田は、微かな侮りを過ぎらせた。

「左様。只今、この工藤屋敷には我ら南町奉行所が追っている大友恭之介と云う御家人がいる……」

「御家人の大友恭之介……」

武田は眉をひそめた。

「うむ。その大友恭之介を速やかに引き渡して戴きたい。もし、引き渡して貰えぬならば、一件を目付に報せ、評定所扱いにして戴く事になる……」

「目付に報せ、評定所扱い……」

武田は緊張した。

「左様、さすれば工藤家、特に大友恭之介を匿《かくま》っている精一郎どのの日頃の行状が調べられ、面倒になるのは必定《ひつじょう》……」

久蔵は、武田を厳しく見据えた。

「せ、精一郎さまの日頃の行状……」

武田は、微かに狼狽えた。それは、武田が精一郎の悪行を知っている証だった。

「さすれば公儀は、家中取り締まり不行届きとして工藤家に厳しい沙汰を下す筈。それが嫌なら大友恭之介、速やかに引き渡すのだな」

下手《したて》に出れば、嵩《かさ》に掛かる家風……。

久蔵は、工藤家の家風をそう読んで厳しい態度に出た。

「お、お待ち下され、秋山どの。精一郎さまが、その大友恭之介を匿っていると申されますか……」

武田は焦った。

「左様。知らぬのなら精一郎どのに早々に確かめるのだな」

「ならば暫時《ざんじ》、暫時お待ち下され……」

武田は、驚きに嗄れた声を引き攣らせて書院を出て行った。

久蔵は苦笑した。

家来たちが、熾《お》きた炭を埋《い》けた手焙りと熱い茶を慌てたように持って来た。

手の平を返しやがって……。

久蔵は、工藤家の遣り方を笑った。

一膳飯屋『福や』に取り籠もっている高杉平内は、御家人の大友恭之介に遺恨を抱いているのに間違いはない。

遺恨とは何か……。

久蔵は想いを巡らせた。

廊下に足音が鳴った。

足音は乱暴で怒りが込められていた。

来たか……。

久蔵は、冷たい笑みを浮かべた。

次の瞬間、若い武士が襖を乱暴に開けて入って来た。

久蔵は、若い武士を工藤精一郎と睨んだ。

「その方が秋山久蔵か……」

精一郎は熱《いき》り立っていた。

「お前さん、誰だい……」

「工藤精一郎だ……」

「ほう、お前さんが大友恭之介を匿っている精一郎さんか……」

「大友を追う」

「何故、大友を追う」

久蔵は、嘲りを浮かべた。

「だ、黙れ。町奉行所は我ら旗本には手出しは出来ぬ筈。何故、大友を追う」

「大友恭之介に遺恨を抱き、人質を取って取り籠もっている者がいる。人質を無事に救い出す為、大友恭之介に一緒に来て貰う」

「大友は、そのような事に拘わりはないと云っている」

「ならば何故、仲間を俺に斬り掛からせて逃げたんだ……」

久蔵は苦笑した。

「な、なに……」

精一郎は、知らなかったらしく狼狽えた。

「何だったら、直参《じきさん》同士として立合い、叩き斬っても良いんだぜ。早々に連れて来るんだな。もし、そいつが嫌なら大友恭之介は云うに及ばずお前さんの行状、江戸中の岡っ引を使ってとことん調べ上げるぜ……」

「お、おのれ……」

久蔵は、冷たく云い放った。

精一郎は、怯えを滲ませながら久蔵に斬り付けようとした。

刹那、久蔵は出されていた茶碗を精一郎の顔に投げ付けた。

茶碗は、茶を振り撒きながら精一郎の額に当たった。

精一郎は茶に濡れ、額を赤くして怯んだ。

「やるか……」

久蔵は刀を引き寄せ、片膝立てになって精一郎を見据えた。

「待て……」

初老の武士が、用人の武田郡兵衛を従えて書院に入って来た。

「精一郎さま……」

用人の武田が、精一郎を書院の外に連れ出した。

「南町奉行所の秋山久蔵か……」

「ああ。お前さん……」

「当家の主の工藤図書だ……」

工藤は、久蔵を睨み付けた。

「でしたら、大友恭之介を早々に引き渡して貰いますか……」

「その大友恭之介なる者、引き渡さぬと云ったらどうなる……」

「何の罪科《つみとが》もねえ一膳飯屋の老夫婦が、無残に殺される。そして、それは大友恭之介の所為であり、延《ひ》いては匿った二千石取りの旗本工藤家の所為だと世間は噂し、情のねえ冷たさを言い立てる……」

　久蔵は、工藤を見据えて告げた。

「理不尽な話だな……」

「理不尽だと恨む事が出来るのは、殺される一膳飯屋の老夫婦だけだ」

「で、それからどうなる……」

　工藤は、久蔵を促した。

「噂は広がり、やがて目付の耳に入り、一膳飯屋の老夫婦斬殺について仔細を問い合わせてくる……」

「そこでお前が、目付に大友恭之介の件を教えるのか……」

「ああ。大友が悪仲間の精一郎を頼って工藤屋敷に逃げ込み、匿われたとな。尤もその時には、大友恭之介や工藤精一郎の行状の何もかもは、江戸中の岡っ引たちが洗い出しているだろうがな……」

「最早、逃げ隠れ出来ないか……」

「叩けば埃の舞う身体。罪科は選《よ》り取り見取りの筈だぜ」

　久蔵は嘲笑《あざわら》った。

「秋山久蔵……」

工藤は、久蔵を見据えた。

隣の座敷に人の動く気配がし、殺気が浮かんだ。

「ふん。二千石と二百石、刺し違えるのも面白え……」

久蔵は、楽しげな笑みを浮かべて刀の鯉口《こいぐち》を切った。

「下手な真似は、主の命を縮めるだけだぜ」

久蔵は、不敵に云い放った。

隣の座敷にいる家来たちが動けば、久蔵は最初に工藤を斬る。

工藤は、背筋に冷たい物を感じた。

秋山久蔵の覚悟に嘘偽りはない。

剃刀久蔵……。

工藤は、秋山久蔵がどんな権力者にも媚《こ》び諂《へつら》わないと云う噂を思い出した。

「分かった……」

工藤は、不服げに頷いた。

「そいつはありがてえ……」

久蔵は不敵に笑った。

工藤屋敷の潜り戸が開いた。

幸吉と勇次は、物陰から潜り戸を見守った。

久蔵が、潜り戸から出て来た。

「秋山さま……」

幸吉と勇次は、久蔵に駆け寄った。

「今、大友恭之介と梅吉が出て来る」

「大友と梅吉が……」

幸吉と勇次は緊張した。

「ああ。工藤図書、大友恭之介が禍《わざわい》をもたらす疫病神《やくびょうがみ》だと漸く気付いてな……」

「そいつは物分かりの悪い殿さまでしたね」

幸吉は笑った。

「ああ……」

久蔵は苦笑した。

工藤屋敷から男たちの怒声が響いた。

久蔵、幸吉、勇次は、潜り戸を見詰めた。

潜り戸が開き、家来たちが大友恭之介と梅吉を屋敷の外に突き飛ばした。

大友と梅吉は、表門の前に倒れ込んだ。
家来たちは潜り戸を閉めた。
大友と梅吉は、慌てて立ち上がった。
「まさに厄介《やっかい》払いだな……」
久蔵は、大友と梅吉の前に立ちはだかった。
幸吉と勇次は、二人の背後に廻った。
「お、おのれ……」
大友は刀を抜き、久蔵に猛然と斬り掛かった。
久蔵は、抜き打ちの一刀を放った。
大友は弾き飛ばされ、刀を握り締めたまま背後によろめいた。
梅吉は匕首を抜き、幸吉と勇次の囲みを破って逃げようとした。
「馬鹿野郎……」
勇次が、萬力鎖で梅吉の向こう臑《ずね》を打ち払った。
梅吉は、悲鳴をあげて倒れた。
幸吉が、梅吉を押さえ付けて十手で殴った。
梅吉は、匕首を放り出して頭を抱えて悲鳴をあげた。

勇次は、梅吉に素早く捕り縄を打った。

大友は、工藤屋敷の表門前に追い詰められて刀の切っ先を震わせた。

「さあて大友、元鳥越町の福やに一緒に行って貰うぜ」

久蔵は、刀を一閃《いっせん》した。

大友の刀が弾き飛ばされ、西日を浴びて煌めいた。


元鳥越町の一膳飯屋『福や』の取り籠もりは続いていた。

「未だか。大友恭之介は未だか……」

高杉平内は苛立ち、怒鳴った。

「落ち着け、高杉。落ち着いてくれ……」

和馬は宥めた。

「よし。暮六つだ。暮六つ迄は待つ。暮六つ迄に大友を必ず連れて来い。さもなければ宗平とおときを殺す」

高杉は厳しく云い放ち、格子窓の障子を乱暴に閉めた。

和馬は吐息を洩らした。

「和馬の旦那……」

「親分、親分の睨みじゃあ、高杉の取り籠もり、狂言かもしれないんだな」

「ええ……」

弥平次は頷いた。

「だったら高杉は、俺たちが踏み込んでも宗平とおときを殺しはしない筈だ」

「ですが、秋山さまがお戻りになる迄は……」

弥平次は躊躇った。

「くそっ。親分、今、何時だ……」

和馬は、沈み始めた夕陽を見上げた。

「申《さる》の刻七つ半（午後五時）頃ですか……」

「暮六つ迄、後半刻か……」

和馬は、焦りを滲ませた。

「親分、和馬の旦那……」

幸吉が駆け寄って来た。

「おお。幸吉、秋山さまは……」

和馬は、声を弾ませて幸吉を迎えた。

「はい。鳥越明神でお待ちです。直ぐに来てくれと……」

「そうか。で、大友恭之介はどうした」

弥平次は尋ねた。

「一緒です」

「じゃあ、和馬の旦那……」

「うん……」

和馬と弥平次は、幸吉から大友恭之介を引き立てて来る迄の経緯を聞きながら鳥越明神に急いだ。

鳥越明神の境内は夕陽に染まっていた。

久蔵は、勇次と共に大友恭之介を引き据えていた。

「秋山さま……」

和馬と弥平次が、幸吉と共に駆け寄って来た。

「高杉平内、どうしている……」

久蔵は尋ねた。

「苛立っています」

和馬は、うんざりした面持ちで告げた。

「だろうな……」

久蔵は苦笑した。

「奴が大友恭之介ですか……」

和馬は、引き据えられている大友恭之介を一瞥した。

「ああ……」

久蔵は頷いた。

「秋山さま……」

弥平次は眉をひそめた。

「どうした柳橋の……」

「はい。福やの宗平とおときをちょいと調べてみたんですが、二人にはおそでって一人娘がおりましてね」

「娘がいた……」

久蔵は眉をひそめた。

「ええ。そいつが十年前、男に誑かされて家出をし、以来行方知れずに……」

弥平次は告げた。

「男に誑かされて行方知れず……」

「はい……」

弥平次は、大友を一瞥して頷いた。

「じゃあ、高杉平内は……」

「その頃、福やの客に貧乏な若い浪人がいましてね。時々、宗平とおときに只飯を御馳走になっていたそうですよ」

「名前は……」

「そいつは分かりません。ですが、おそらく高杉平内かと……」

弥平次は、厳しさを滲ませた。

「うむ。おそらく柳橋の睨み通りだろう……」

久蔵は頷いた。

「はい……」

「だとしたら、この取り籠もり……」

久蔵は、高杉平内の取り籠もりの真相を読んだ。

「きっと……」

弥平次と和馬は頷いた。

「どうりで、すっきりしなかった筈だぜ」

久蔵は苦笑した。

「ええ……」

「よし……」

久蔵は、引き据えられている大友恭之介の前に立った。

大友は、不貞腐《ふてくさ》れたように久蔵を見上げた。

「大友、お前、福やの娘のおそで、知っているな……」

久蔵は、大友を厳しく見据えた。

大友は、不貞腐れた顔に恐怖を浮かべた。

「図星だな……」

久蔵は、一膳飯屋『福や』の取り籠もり事件の真相に辿り着いた。

四

冬の夜は早い。

元鳥越町は、夜の闇に覆われた。

一膳飯屋『福や』には明かりが灯された。

久蔵は、龕燈《がんどう》を手にした弥平次を伴って一膳飯屋『福や』の前に出た。

「高杉……」

久蔵は、高杉に呼び掛けた。

高杉平内が、一膳飯屋『福や』の格子窓の障子を開けた。

「秋山さんか……」

高杉は、佇む久蔵に問い質した。

「ああ、秋山久蔵だ……」

久蔵は、弥平次に目配せをした。

弥平次は、龕燈の明かりを久蔵の顔に向けた。

久蔵の顔が、龕燈の明かりに浮かんだ。

「大友恭之介を連れて来たか……」

高杉は、久蔵の顔を見定めた。

「ああ……」

久蔵は振り返った。

和馬と幸吉が、大友恭之介を引き立てて来た。そして、龕燈で大友の顔を照らした。

大友は、慌てて顔を背《そむ》けた。

「往生際が悪いぜ」

和馬は、大友の顔を乱暴に一膳飯屋の『福や』に向けた。

「大友恭之介……」

高杉は、大友恭之介を見定めた。

「さあて、どうする……」

久蔵は、高杉の出方を窺った。

「連れて来い。刀を置いて、大友恭之介を店に連れて来い」

高杉は叫んだ。

「分かった。大友は連れて行く。その前に宗平とおときを放免しろ」

久蔵は告げた。

「な、ならぬ。宗平とおときを放免するのは、大友を店に連れて来てからだ」

高杉は、宗平とおときを放免しろと云われて微かに動揺した。

「どうしてもか……」

久蔵は問い質した。

「ああ。どうしてもだ……」

「良かろう。大友恭之介を連れて行く」

久蔵は大小を和馬に渡し、大友の身柄を幸吉から受取った。

「さあ。高杉がお待ち兼ねだぜ」

久蔵は、大友に笑顔で告げた。

大友は、思わず逃げようとした。

久蔵は、襟首を摑んで振り返らせて平手打ちを食らわした。

大友は項垂れた。

久蔵は、大友を連れて一膳飯屋『福や』の腰高障子に向かった。

腰高障子が開いた。

久蔵は、大友を連れて一膳飯屋『福や』に入った。

高杉は、素早く腰高障子を閉めた。

和馬、弥平次、幸吉は、一膳飯屋『福や』に張り付いた。

久蔵は、一膳飯屋『福や』の店内を窺った。

狭い店内の隅には、亭主の宗平と女房のおときと思われる老夫婦がいた。

「縛れ……」

高杉は、久蔵に縄を放った。

「大友を縛りあげろ」

高杉は久蔵に命じた。

「心得た」

久蔵は苦笑し、手早く大友を縛りあげた。

高杉は、大友を睨み付けていた。大友を睨み付けているのは、高杉だけではなかった。

宗平とおときも、恨みの籠もった眼で大友を睨み付けていた。

「高杉、大友恭之介をどうする気だ……」

「秋山さん、貴方には拘わりのない事だ。出て行ってくれ」

高杉は久蔵に告げた。

「そうはいかねえ。宗平とおときを助ける為に連れて来た大友恭之介だ。出て行けと云うなら、代わりに宗平とおときを連れて行くぜ」

「ならぬ……」

高杉は、厳しく遮った。

「高杉、そいつは何かい。十年前のおそでの家出を大友に説明させる為か……」

久蔵は、取り籠もりの真相に切り込んだ。

「秋山さん……」

高杉は、久蔵が十年前のおそでの一件を知っているのに驚いた。

驚きは宗平とおときも同じだったのか、久蔵に戸惑いの眼差しを向けた。

「十年前、宗平とおときの一人娘のおそでは、大友恭之介に誑かされて家出をした。そして、大友はおそでを女衒に売り飛ばした」

久蔵は読んだ。

「知らぬ。俺は何も知らぬ……」

大友は、慌てて否定した。

「黙れ、大友。お前がおそでを千住《せんじゅ》の女衒の長兵衛《ちょうべえ》に売り飛ばしたのは知れているんだ」

高杉は、憎悪と怒りに溢れた眼で大友を睨み付けた。

大友は眼を逸らせた。

「高杉、お前さん、おそでの行方を追ったのか……」

「ええ。千住から水戸街道、日光街道、そして奥州街道……。私は金を稼ぎ、女郎に売り飛ばされたおそでを捜して諸国を歩き廻った」

高杉は、厳しい旅の日々を思い出すかのように眉をひそめて告げた。

おときのすすり泣きが洩れた。

「泣くな、おとき……」

宗平は窘《たしな》めた。

「でも、おそでが、おそでが哀れで……」

おときは、娘のおそでを哀れんですすり泣いた。

「おとき。悪いのはこんな奴に誑かされたおそでだ。誑かされたおそでが悪いんだ……」

宗平は、零れそうになる涙を懸命に堪《こら》えた。

「だが、おそで以上に悪いのは、誑かしたこいつだ……」

高杉は、怒りに満ちた眼で大友を睨んだ。

「で、高杉、おそでは見付かったのか……」

久蔵は尋ねた。

「ああ。見付かった……」

高杉は、哀しげに頷いた。

「何処にいたのだ……」

「陸奥国《むつのくに》は八戸藩《はちのへ》の湊町だ……」

「八戸……」

陸奥国八戸藩二万石は南部甲斐守《なんぶかいのかみ》の所領であり、江戸から百六十九里（六百七十六キロ）の北の地にあった。

「ああ。八戸藩の湊町の女郎屋にな。重い病に罹《かか》り、ぼろぼろになっていた……」

高杉は、哀しさと悔しさを交錯させた。

「明るくて賑やかだったおそでが、まるで別人のように痩せ細り、自分の愚かさを嘲り笑い、呪うだけだった……」

「こいつだ。こいつがおそでにそうさせたんだ」

宗平は、大友恭之介に怒鳴った。

「知らぬ。俺は千住の長兵衛に売っただけだ。それからの事は俺の知った事じゃあねえ」

大友は、薄笑いを浮かべて嘯《うそぶ》いた。

「煩せえ……」

久蔵は、薄笑いを浮かべた大友の頬に平手打ちを食らわした。

「大友、人の売り買いは天下の御法度。こっちは、そいつを破ったお前をどうにでも出来るんだぜ」

久蔵は脅した。

大友は、恐怖を過ぎらせた。

「で、おそでは……」

久蔵は、高杉を促した。

「私が漸く見付け、何とか江戸に連れて帰る手立てを探していた時、死んだ……」

「死んだ……」

久蔵は眉をひそめた。

「ああ。馬鹿な娘で済まなかったと、宗平さんとおときさんに詫びながら、雪の降る寒い日に息を引き取った……」

高杉は、悔しさを露わにした。

宗平とおときはすすり泣いた。

無残だ……。

一膳飯屋『福や』の娘おそでは、北の果ての女郎屋で雪の降る日に死んでいた。

両親に己の愚かさを詫びながら……。

久蔵は、おそでの哀れさを知った。

「で、おそでを葬り、江戸に戻ったか……」

「ええ。秋の初めに……」

高杉は頷いた。

「それで江戸に戻り、大友の屋敷には行かなかったのか……」

「勿論、行った。行ったが、大友はおそでなど知らぬと云い、十年も昔の事など覚えていないと云い放ったのだ。大友にとっておそでは、誑かした多くの女の一人に過ぎぬかもしれないが、家族にとっては掛替えのない一人だ。そいつを、そいつを大友に思い知らせなければならぬ……」

高杉は、殺気を含んだ眼で大友を見据えた。

「それで、宗平やおときと相談して取り籠もりの狂言を打ったか……」

久蔵は読んだ。

「大友はいつも仲間の浪人や博奕打ちと一緒にいた。私一人の手にはとても負えず、それで取り籠もりを……」

「ち、違います。取り籠もりの狂言を打って、お役人に大友を連れて来て貰おうと言い出したのは儂《わし》たちです。儂とおときが言い出したんです」

　宗平は、声を震わせた。

「黙っていろ、宗平さん……」

　高杉は、慌てて宗平を遮った。

「言い出したのは私だ。取り籠もりの狂言は私が考えたんだ」

「お役人さま、高杉さんは若い頃、儂たちに飯を只で食わして貰ったと恩義を感じ、おそでを捜してくれて、看取ってくれて、儂たちの恨みを晴らすのを手伝ってくれているんです。悪いのは儂たちなんです」

　宗平は、久蔵に訴えた。

「秋山さん、何れにしろ私は大友恭之介を斬る……」

　高杉は、大友を冷たく見据えた。

　大友は、小刻みに震えた。

「そいつはちょいと待ってくれ」

「秋山さん、話はこれ迄だ。最早邪魔立ては無用……」

　高杉は刀を抜いた。

　刀は鈍色《にびいろ》に輝いた。

「た、助けてくれ……」

大友は、久蔵に縋る眼を向けた。

「大友、助けて欲しければ、死んだおそでと宗平やおときに詫びるんだな」

久蔵は苦笑した。

「す、すまなかった。この通りだ。勘弁してくれ。許してくれ……」

大友は、宗平とおときに土下座して詫びた。

「止めろ。今更、詫びて何になる。おそではお前の所為で死んだのだ。止めろ」

高杉は怒鳴り、大友を蹴倒した。

大友は倒れ込み、恐怖に激しく震えた。

高杉は、震える大友を引き摺り起こし、その首に刀を当てた。

「地獄に落ちろ……」

高杉は、大友に囁いた。

「許せ、許してくれ……」

大友は喉を引き攣らせ、声を嗄らした。

「ならぬ……」

高杉は、大友の首に当てた刀を引こうとした。

「これ迄だ」

久蔵は、高杉の刀を握る手を押えた。

高杉は、構わず刀を引いた。

刹那、久蔵は大友を蹴倒した。

大友は前に倒れ込み、辛《かろ》うじて高杉の刀から逃れた。

刀に削《そ》がれた大友の鬢の毛が舞った。

高杉は狼狽えた。

久蔵は、狼狽えた高杉から素早く刀を奪い取った。

「和馬、柳橋の……」

久蔵は、和馬たちを呼んだ。

和馬、幸吉、弥平次が腰高障子を開けて踏み込んだ。そして、雲海坊、由松、勇次が裏手から入って来た。

和馬と幸吉が、大友を高杉の傍から引き離した。

雲海坊、由松、勇次が、宗平とおときを押えた。

高杉は、覚悟を決めて静かに座り込んだ。

「和馬、幸吉、大友恭之介を人を売り買いした罪で大番屋の牢に叩き込んでおけ」

久蔵は命じた。

「待て。俺は御家人だ。直参だ……」

大友は、必死に叫んだ。

「煩せえ。直ぐに禄《ろく》を剝《は》ぎ取り、浪人にしてやるから心配するな」

久蔵は一喝した。

「そ、そんな……」

大友は、呆然と立ち竦《すく》んだ。

「さあ、行くぞ」

和馬と幸吉は、大友恭之介を乱暴に引き立てて行った。

「さあて、高杉平内、一緒に来て貰うぜ」

「秋山さん、宗平さんとおときさんは……」

高杉は、心配に眉をひそめた。

「心配するな。悪いようにはしねえ」

「頼みます……」

高杉は、久蔵に深々と頭を下げた。

久蔵は微笑んだ。

大友恭之介は、和馬と幸吉に大番屋に引き立てられた。

高杉平内と宗平おとき夫婦は、久蔵と弥平次たちによって南町奉行所に伴われ、仮牢に入れられた。

一膳飯屋『福や』取り籠もりの一件は終わった。

久蔵は、御家人大友恭之介の悪事を調べあげ、支配である目付の榊原采女正《さかきばらうねめのしよう》に報せた。

榊原は、大友恭之介を評定に掛けて家禄を没収し、家を取り潰した。

大友恭之介は、町奉行所支配の浪人となった。

久蔵は、大友と下男の梅吉を厳しく詮議し、仲間と働いた悪事のすべてを吐かせた。

無銭飲食、強請たかり、騙り、人身売買い、辻強盗……。

大友と仲間の悪事は限りがなかった。

「暮れの大掃除だ……」

久蔵は、大友と一緒に悪事を働いていた仲間の捕縛を命じた。

和馬と幸吉たちは、大友の仲間を容赦なく打ちのめして次々と捕えた。

久蔵は、大友恭之介と主立った者たちを打ち首の死罪に処し、残る者たちに遠島の仕置を下した。

大友恭之介は無様《ぶざま》に泣き喚《わめ》き、牢屋敷の刑場の土壇場で首を斬り落とされた。

久蔵は、一膳飯屋『福や』の取り籠もりを狂言としなかった。そして、取り籠もりを浪人高杉平内一人の仕業とし、宗平おとき夫婦を人質にされた被害者として放免した。

高杉は、大友恭之介に遺恨を晴らす為に取り籠もった。だが、大友を殺さず、お上に突き出して悪行を暴いた。

久蔵は、高杉の取り籠もりの一件をそう見定め、世間を騒がせた罪で江戸十里四方払の仕置を下した。

追放刑では、江戸に住む事は出来ないが旅の途中に通る事は出来る。つまり、草鞋履きの旅姿で江戸を歩いている限り、咎められる事はないのだ。

「ま、それで時々、福やに飯を食べに来る事は出来るだろう」

久蔵は笑った。

「秋山さん……」

高杉は、久蔵に感謝の眼を向けて深々と頭を下げた。

浪人の高杉平内は、江戸十里四方払の仕置で早々に旅立った。

一膳飯屋『福や』は繁盛し、宗平おときの老夫婦と小女のおきみが忙しく働いていた。


大晦日《おおみそか》は近付いた。

江戸の人々は、暮れの忙しさの中に新しい年を迎える昂ぶりを見せていた。

八丁堀岡崎町秋山屋敷は、香織の采配の許に与平、お福、太市が正月を迎える仕度を着々と進めていた。

「与平、お福、手伝うぜ……」

久蔵は、与平とお福に手伝いを申し入れた。

「旦那さまがですか……」

与平とお福は迷惑げに眉をひそめ、大助の子守りを頼んだ。

悪党の大掃除には辣腕《らつわん》を振う久蔵も、屋敷の大掃除には大した役に立たない。
香織は、太市と一緒に面白そうに笑った。
久蔵は腐り、苦笑するしかなかった。
年の暮れの大掃除は終わった……。

この作品は「文春文庫」のために書き下ろされたものです。

文春文庫

秋山《あきやま》久蔵《きゅうぞう》御用控《ごようひかえ》

定価はカバーに
表示してあります

島《しま》帰《がえ》り

2014年12月10日　第1刷

著　者　藤《ふじ》井《い》邦《くに》夫《お》
発行者　羽鳥好之
発行所　株式会社　文藝春秋

東京都千代田区紀尾井町 3-23　〒102-8008
TEL　03・3265・1211
文藝春秋ホームページ　http://www.bunshun.co.jp
落丁、乱丁本は、お手数ですが小社製作部宛お送り下さい。送料小社負担でお取替致します。

印刷・大日本印刷　製本・加藤製本
Printed in Japan
ISBN978-4-16-790245-2

（　）内は解説者。品切の節はご容赦下さい。

鳥羽 亮
八丁堀吟味帳「鬼彦組」
闇の首魁

複雑な事件を協力しあって捜査する同心衆「鬼彦組」に、同じ奉行所内の上司や同僚が立ちふさがった。背後に潜む町方を越える幕府の闇に、男たちは静かに怒りの火を燃やす。

と-26-3

鳥羽 亮
八丁堀吟味帳「鬼彦組」
裏切り

日本橋の両替商を襲った強盗殺人事件。手口を見ると殺しのほかは十年前に巷を騒がした強盗「穴熊」と同じ。だがかつての一味は、鬼彦組の捜査を先廻りするように殺されていた。

と-26-4

鳥羽 亮
八丁堀吟味帳「鬼彦組」
はやり薬《ぐすり》

子どもたちに流行風邪が蔓延。人気医者のひとり・玄泉が出す万寿丸は飛ぶように売れたが、効かないと直言していた町医者が殺された。いぶかしむ鬼彦組が聞きこみを始めると――。

と-26-5

蜂谷 涼
月影の道
小説・新島八重

NHK大河ドラマの主人公・新島八重――壮絶な籠城戦に男装で参加、「幕末のジャンヌ・ダルク」と呼ばれた女性の人生を、女心を描いて定評ある著者がドラマティックに描いた長編。

は-35-4

藤井邦夫
養生所見廻り同心　神代新吾事件覚
指切り

北町奉行所養生所見廻り同心・神代新吾。南蛮一品流捕縛術を修業する若く未熟だが熱い心を持つ同心だ。新吾が事件に挑む姿を描く書き下ろし時代小説「神代新吾事件覚」シリーズ第一弾！

ふ-30-1

藤井邦夫
養生所見廻り同心　神代新吾事件覚
花一匁

養生所に担ぎこまれた女と謎の浪人の悲しい過去とは？　白縫半兵衛、手妻の浅吉、小石川養生所医師小川良哲らの助けを借りながら、若き同心・神代新吾が江戸を走る！　シリーズ第二弾。

ふ-30-2

藤井邦夫
養生所見廻り同心　神代新吾事件覚
心残り

湯島で酒を飲んでいた新吾と浅吉は、男の断末魔の声を聞く。そこから立ち去ったのは労咳を煩いながら養生所に入ろうとしない浪人だった。息子と妻を愛する男の悲しき心残りとは？

ふ-30-3

（　）内は解説者。品切の節はご容赦下さい

藤井邦夫
養生所見廻り同心　神代新吾事件覚
淡路坂

孫に付き添われ養生所に通っていた老爺が若い侍に理不尽に斬り捨てられた。権力の笠の下に逃げ込んだ相手に、新吾は命を賭した闘いを挑む。その驚くべき方法とは？　シリーズ第四弾。

ふ-30-4

藤井邦夫
養生所見廻り同心　神代新吾事件覚
人相書

神代新吾事件覚シリーズ第五弾。南蛮一品流捕縛術を修業する、若き同心が、事件に出会いながら成長していく姿を描く痛快作。人相書にそっくりな男を調べる新吾が知った「許せぬ悪」とは!?

ふ-30-7

藤井邦夫
秋山久蔵御用控
神隠し

「剃刀」の異名を持つ、南町奉行所吟味方与力・秋山久蔵の活躍を描く、人気シリーズ第一作が文春文庫から登場。江戸の悪を、久蔵が斬る!!　多彩な脇役も光る。

ふ-30-6

藤井邦夫
秋山久蔵御用控
帰り花

南町奉行所与力・秋山久蔵の活躍を描くシリーズ第二作。久蔵の義父が辻斬りにあって殺された。調べを進めるとそこには不可解な謎が。亡妻の妹の無念を晴らすため久蔵が立ち上がる！

ふ-30-8

藤井邦夫
秋山久蔵御用控
迷子石

〝迷子石〟に、尋ね人の札を貼る兄妹がいた。探しているのは、押し込みを働き追われる父。探索を進める久蔵は、押し込み犯の背後にさらに憎むべき悪党がいると睨む。シリーズ第三弾。

ふ-30-9

藤井邦夫
秋山久蔵御用控
埋《うず》み火《び》

掘割に袋物屋の内儀の死体が上がった。内儀は入り婿と離縁しておりそれが原因と思われたが、元夫は係わりがないらしい。久蔵は、離縁の裏に潜んでいるものを探る。シリーズ第四弾。

ふ-30-10

藤井邦夫
秋山久蔵御用控
空《うつ》ろ蟬《ぜみ》

隠密廻り同心が斬殺された。久蔵は事件の真相を追って〝無法の地〟と呼ばれる八右衛門島に潜入した。そこで彼の前に現れた、伽羅の匂いを漂わせる謎の女は何者か。シリーズ第五弾。

ふ-30-12

藤井邦夫
秋山久蔵御用控
隠し金

蜆売りの少年が殺された。遺体の横には「云わざる」の根付が落ちていた。〝三猿〟の根付に隠された秘密を剃刀久蔵が突き止める。人気シリーズ好評第十二弾！

ふ-30-21

藤井邦夫
秋山久蔵御用控
口封じ

錺職の男が鎌倉河岸で死体となって浮かんだ。奉行所は溺死と判断したが、殴られた跡があり、客ともめていたことを知った男の女房は、久蔵に真相究明を訴えた。シリーズ第十三弾！

ふ-30-24

藤井邦夫
秋山久蔵御用控
傀儡師《くぐつし》

心形刀流の使い手、「剃刀」と称され、悪人たちを震え上がらせる、南町奉行所吟味方与力・秋山久蔵の活躍を描くシリーズ十四弾が登場。何者にも媚びない男が江戸の悪を斬る!!

ふ-30-5

藤井邦夫
秋山久蔵御用控
余計者

筆屋の主人が殺された。姿を消した女房と手代が事件に絡んでいると見られたが、久蔵は残された証拠に違和感を覚え、手下にさらなる探索を命じる。人気シリーズ書き下ろし第十五弾。

ふ-30-11

藤井邦夫
秋山久蔵御用控
付け火

捕縛された盗賊の手下が、頭の放免を要求して付け火を繰り返した。南町奉行は、久蔵に探索の日切りを申し渡した。久蔵は期限までに一味を捕えられるのか。書き下ろし第十六弾！

ふ-30-15

藤井邦夫
秋山久蔵御用控
大禍時《おおまがとき》

夕暮時に娘が消えるという噂が立った。調べを進めると、確かにある娘が行方知れずになっていたが、周りの者たちの態度がおかしい。事件の真相は何なのか。書き下ろし第十七弾！

ふ-30-19